失恋の夜、
スパダリ御曹司の子を身ごもりました

m a r m a l a d e b u n k o

神崎たわ

JN031841

マーマレード文庫

就職を希望し、早い時期から動いていた。

一方の彩里は、地方から東京《とうきょう》の大学へと進学。就活にも遅れ気味だった。それでも悟志に励まされ、英語と中国語を猛勉強。同じように総合商社を中心にエントリーしたのだ。

けれど一流商社、丸菱《まるびし》物産の内定を射止めたのは彩里だけ。悟志は複数の大手商社の最終面接に進むも、すべて落ちてしまう。

そんな彼に遠慮した彩里は、内定を辞退すると告げたが、

「せっかく受かったんだから、行けよ」

悟志はありがたい言葉をかけてくれる。

そして悟志は受かっていた中堅商社が性に合わないと、横浜《よこはま》に本社がある家電量販店へと就職した。

「どうして？　私たちもう、二十八になるんだよ」

『……』

「みんな結婚し始めてるし。なにも今すぐってわけじゃなくて……」

『みんなって、誰だよ』

「えっ？」

『お前ひとりの考えを押し付けるなよ。つーか、俺が同棲しようって誘ったときは断ったくせに』

悟志は彩里を責めた。

就職した家電量販店で企画部門を希望した彼だったが、それは叶《かな》わず、売り場に配属されてしまう。自分の能力が活かされていない、周りはバカしかいないと、愚痴ばかりを並べるようになった。

こんなにも器の小さな人だったのかと思いながらも、やはり気の毒で。励ましたり相談に乗ったりしていると、いきなり同棲を持ちかけられた。

都内にある実家から横浜まで通うのは大変で、家を出たいという。二人の職場の中間地点でいっしょに住みたいと。

でも、同棲は……。

丸菱物産の繊維部門に配属された彩里は、ちょうど仕事がおもしろくなり始めたばかり。周囲には素敵な男性もたくさんいて、本当に悟志と暮らし始めてもいいのかと打算的な考えが多少なりとも働いた。

なにより山梨《やまなし》にいる母が、ときどき様子を見に東京へとやってくる。小学校の校長をしている父の頭は固く、とても同棲したいとは言えなかった。

「結婚と同棲は違うでしょう？　ただいっしょに住むんじゃなくて、互いに助け合い、責任を持って、温かな家庭を作るのが結婚よ」

彩里はそう説得したが――。

『自分が丸菱物産に勤めてるからって、偉そうにすんな』

「別に、私は……」

『うぜぇし』

「なにそれ？」

『……』

「もしもし？　もしもし悟志……？　聞いてる？」

電話は切れていた。近頃はこんな喧嘩《けんか》で終えるというルーティーンとなっている。

彩里は長い溜《た》め息《いき》をついた。とはいえ、またいつものように、忘れた頃に連絡が来るはずだ。

そう思い、あまり気に留めずにいたが――二週間が過ぎても一か月が経《た》っても、悟志からのメールや電話はなかった。

まだ怒っているのかなあ……。

突然「結婚しよう」と口にしたからだ。彼はびっくりしたに違いない。

繊維部門で間もなく立ち上がるプロジェクトの準備を始めたところで、彩里は勝手が違うエネルギー部門へと異動させられた。

とくに大きな失敗もなく、仕事もきちんとこなしていたはずなのに。初めての挫折だった。そんなタイミングで、相次ぐ友人たちからの結婚報告。少し心細くなったのだ。

だから……。

いずれにしても、結婚話を電話で簡単に済ませるべきではなかった。彩里は大いに反省する。

謝りたかったが、時間が経ってしまっていた。電話やメールでは、また行き違うこともあるだろう。

「そうだ！」

十月生まれの彩里は明後日の土曜日、悟志よりひと足先に二十八歳の誕生日を迎える。バースデーのサプライズで、近頃はほとんど足を運ばなくなった、横浜にある彼のアパートへ内緒で出向いてみようと考えた。

＊

家電量販店の売り場に立つ悟志は、基本土日祝日が休めない。だから土曜日の今日は仕事に出かけているはずだ。

部屋の鍵は持っているし、料理を作り、帰りを待つことにした。

今夜は泊まるつもりで、大きめのトートバッグに着替えやパジャマ、歯ブラシなどの洗面具を詰め込んだ。

レースをあしらった白の清楚《せいそ》な下着を身に付け、気合いを入れる。ベージュのノースリーブのフレアワンピースの上に、黒のカーディガンを羽織った。

会社では見栄を張り、デキる女を演出していた。一六〇センチの低めの身長をカバーするのに、五センチ以上あるヒールを履いている。コンプレックスのある童顔を隠すため、伊達眼鏡《だてめがね》までかけていた。

だけど今日はそんな小細工はいらない。考えてみれば楽である。自分を飾らなくてもいいのだから。経済的には大変で、結婚後も共働きをしなくてはならないが、やはり自分には悟志が合っているのかもしれない。

いつもは後ろでひとつにまとめている髪を肩へと下ろし、観葉植物の水やりも忘れずに済ませた。踵が低めのパンプスを選び、戸締まりをしたあと、彩里はワンルームの自室を出たのだ。

現在は互いに意地を張り、音信不通ではあるが、それでも妙に気分がウキウキする。彩里がサプライズで訪問したことを喜ぶ、悟志の華やぐ顔が目に浮かぶからだ。

最寄《もよ》り駅《えき》から渋谷《しぶや》へ出たあと、東急東横線《とうきゅうとうよこせん》に乗り換えた。急行で行けば横浜まで三十分もかからない。

車内は多少混雑していたが、途中で座席が空いたので座る。すぐにバッグからスマホを取り出した。

なににしようかな……。

夕飯メニューの検索を始める。

ひとり暮らしが長い彩里は経済的な理由から、できるだけ自炊を心がけている。だから料理は得意な方で。

横浜まではそう遠くもないのに、なぜこれまで積極的に出向こうとはしなかったのか。悟志をないがしろにしていた証拠だった。だから彼は結婚話に、耳を傾けようとはしなかったのだ。

夕飯を悟志の好きなハンバーグに決め、彩里はこれからの挽回《ばんかい》を誓う。

――しかし。

「どうしよう……」

重大なことを思い出した。指折り数えてもう一度確認しても、やはり間違いない。今夜は妊娠の可能性が高い日。

いつもなら会う日を変えるとか、泊まらないで帰るとか、危険なことは極力避けてはきたけれど。

そうよ、できたらできたで……。

万が一妊娠したら、さすがの悟志も結婚を考えるだろう。彩里は二人の将来を密《ひそ》かに、新しく芽生えるかもしれない命に託すことにした。

横浜駅で在来線に乗り換え、三つ目で降りると、すでに太陽が傾き始めている。悟志のアパートはここから徒歩で十分ほどだ。

駅前のスーパーマーケットで、食材とアルコールを揃《そろ》えた。着替えが入ったトートバッグを肩にかけ、ずしりと重いレジ袋を両手に持つ。

そして今日は自分の誕生日。ケーキ屋にも立ち寄り、イチゴが載ったショートケーキを二つ購入した。

両手いっぱいの荷物を手にし、緩い坂を上っていく。やがて彼のアパートが見えてきた。

築五年で二Kの間取り。男性なので家賃が安い一階の角を借りている。

部屋の前に到着したが、玄関横の面格子がある窓から中の明かりは見えない。やはりまだ帰宅していないようだ。

だったらまずは掃除から、と……。

彩里はトートバッグを探り、悟志から預かっていたこの部屋の鍵を取り出した。鍵穴に挿し込み、ゆっくりと回す。

ドアを開けると、小さなキッチンがある短い廊下。奥には畳の部屋が二つあって、悟志はその一つを居間、もう一つを寝室として使っていた。

——だけど。

ん……？

誰もいないはずの薄暗い部屋に、適度な音量のJポップが流れている。そしてそれに紛れるような、はあはあという艶《なま》めかしい息遣い。

嫌な予感が襲ってくる。履いてきたパンプスをそっと脱いだ。しかしそこには悟志のモノでない、女性用のスニーカーが。

小刻みに震える足をどうにか前へと進め、キッチン横の短い廊下に足裏を静かに滑らせる。

「ん、あぅ……いい、悟志。もっとしてぇ……」

部屋の奥からは甘ったるい女の喘《あえ》ぎ声《ごえ》が洩《も》れ聞《き》こえてきた。

え、嘘《うそ》……。

恐ろしい真実から逃げたいという気持ちと、でもやはり確かめたいという気持ちが切なく交差する。

彩里は息を呑《の》み、入った居間からさらに奥の寝室を覗《のぞ》き込《こ》んだ。

すると狭いシングルベッドの上では、真っ裸の男女が恥ずかしげもなく激しく絡み合っていた。

「悟、志……？」

弱々しく発した声とともに、持っていたレジ袋とケーキの箱を手放してしまう。落ちたそれがガシャンと悲しい音を立てた。

派手な茶髪の女性を組み敷いていた悟志が、驚いたように首だけをこちらに向ける。

「彩里？　な、なんでここに……？」

「だから……」

今日は自分の誕生日で、サプライズのつもりでやってきた。そう言いたかったが、とても言葉にならない。

呆然《ぼうぜん》と立ち尽くしていると、若いその女が茶化すように口を開く。

「うわっ、もしかして悟志の彼女？　ついにバレちゃったね～、どうするぅ～？」

ついに、バレちゃった……!?

ということは、これが初めてではないのだ。今まで自分は騙《だま》されていたらしい。彩里以外の女と遊んでいたから、結婚の意思を示さなかったのだろう。

なぜか脱力した。間抜けな自分が情けなくなってくる。

「帰る！」

彩里は二人を睨《にら》みつけて叫んだ。ここにはもう居場所はない。一刻も早く立ち去りたかった。


三センチのヒールで、どれほど走ったことだろう。もし脱げることがなかったら、地球の裏側まで行けたかもしれない。

立ち止まると、息が苦しい。腰に手をあて、ゆっくりと肩で息を整える。置き去りになっていたパンプスを拾うため、来た道を少し戻った。

しかし足を入れようとしたら、パンストが電線していることに気付く。

「なんでよ……」

鬱蒼《うっそう》とした色のない現実が、一気に襲いかかる。蓋《ふた》をしていた感情のスイッチが爆発した。

悲しいからなのか、それとも悔しさからの怒りなのか、あふれ出る涙を止めることができない。一糸まとわぬ二人の姿がまた蘇《よみがえ》ってくる。

ひどいよ……。

自分にも多少の非はあるかもしれないが、とても彼を許すことなどできない。

それでも夕暮れの住宅街を歩きながら、ひとしきり涙を流すと、少し気持ちが落ち着いてくる。行き交う人の目が気になり、ようやく我に返った。

ここはどこだろう……。

スマホを取り出し、地図アプリを立ち上げる。駅とはずいぶん反対方向に来てしまったらしい。

手にしたそれには、悟志からのメッセージが届いていた。けれど彩里は無視して駅へと向かった。

二十分ほど歩くと、見覚えのある場所にやってくる。駅だ。白っぽい明かりの中に自動改札が見えた。

早く帰ろう……。

気怠《けだる》い身体《からだ》を鼓舞しながら、バッグから交通系ＩＣカードの入った定期入れを取り出し、一気に改札を通過しようとしたが――。

「彩里！」

悟志が立っていた。いきなり目の前に立ちはだかる。

「どいて！」

「違うんだ、あの子とは単なる遊び」

「なにも聞きたくない！」

「ホントに、一回だけだから」

悟志は腕を掴《つか》んできた。

「放して！　私たち、もう無理。別れて！」

別れることまで想定しなかったが、言葉は嘘をつくことなく、さらりと流れ出てしまう。

「悪かった。反省してる。ちゃんと話そう」

彼は申し訳なさそうに言ったけど。

「そもそも浮気なんて、男なら誰だって一度や二度はやってるから。俺はたまたま見つかっただけで」

その開き直り方には唖然《あぜん》とするしかなかった。

「悟志には、良心というものはないの？」

「だから、こうして謝ってるだろ？」

「もう、いい。二度と連絡してこないで！」

悟志を振り切り、今度こそ改札を抜けた。


空席が目立つ、都心へと向かう夜の急行電車。彩里はしばらく開かないそのドアにもたれかかり、窓の外に流れる小さな灯《あか》りをぼんやりと見つめていた。

今日が彩里の誕生日であることも忘れ、女性を部屋に呼んでいた悟志。そう、彼とは別れて当然だ。あんな男にもう未練はない。

頭ではそう簡単に割り切れても、諦められない胸がしくしくと悲しく痛んだ。

どうして悟志を好きになったりしたんだろう……。

何度喧嘩しても、悟志が運命の人だと信じていた。彼も絶対そう思っていてくれたはずなのに。

だけど嘘は嫌だ。ごまかしも嫌いだった。

大きな溜め息をついた彩里は、バッグの中からハンカチを取り出し、そっと涙を拭《ぬぐ》った。

＊　＊　＊

二年半振りにニューヨークから帰国した藤島亮《ふじしまりょう》は、しばらく都内にある高級ホテルに滞在することにした。会社からの急な辞令だったため、貸していたマンションの部屋がすぐに空かないからだった。

空港からホテルへ直行し、夕方にチェックイン。シャワーを浴びて髪を乾かし、いつものシトラス系コロンをつける。

ルームサービスで夕食を済ませたら、軽く飲みたくなった。

すらりとした一八二センチの長身に、がっちりとした男らしい体格。クリーム色のシャツに、コバルトブルーのジャケットを羽織り、常連でもあるこのホテルの最上階にあるバーへと出かけた。

高い天井まである壁一面のガラス窓からは、煌《きら》びやかな都会の夜景が一望できる。お洒落《しゃれ》な間接照明とクリスタルのシャンデリア、ゆったりと寛《くつろ》げるソファー席の中央には、季節の花々が豪華にアレンジメントされていた。

ジャズピアノの生演奏が楽しめるここは、芸能人も多く訪れるというハイクラスな大人の社交場だ。

ひとりやってきた藤島は、バーカウンターにある黒革のハイチェアに腰かけた。目の前にいるバーテンダーとの他愛《たわい》もない会話で、大きな氷が入ったウイスキーのグラスを傾ける。

――すると。

ベージュのワンピースに、黒のトートバッグを持った、小柄な女性がやってきた。彼女は藤島から二つ向こうの席に無造作に座ると、メニューを見ることなく、

「お酒をください！」

バーテンダーに注文する。

日本人女性らしい肩までのきれいな髪に、白くて柔らかそうな頬、蕩《とろ》けるような唇が魅力的だ。

可愛《かわい》らしいその顔にはどこか幼さが残っていたが、どうどうとアルコールを頼むのだ。二十歳を超えた大人の女性なのだろう。

いきなり飛び込んできた女性客に、バーテンダーは慌てたのか、

「お客様、アルコールですが……こちらのように、たくさんの種類がございまして……」

と、フェイクレザーでカバーリングされたメニューを見せた。しかし彼女が差し出されたそれを眺めることはない。

「なんでもいいから、お酒をください！　強いの、強いお酒をください！」

「ではこちらの、マルガリータやシンガポール・スリングなどのカクテルはいかがでしょうか。女性の方には大変人気で……」

バーテンダーは丁寧な説明をなおも試みたが、彼女は断った。

「こんな、ジュースみたいなカクテルは嫌です」

そのあと藤島の方に視線を向けて、

「すみません、それはウイスキーですか？」

突然聞いた。

「銘柄はなんですか？　ウイスキーならなんでも強いですか？」

「ウイスキーの強さは、どれも似たり寄ったりだと思います。これは日本の銘柄で……」

と、返事をしながら彼女の顔をよくよく見ると、なにやら泣き腫らしたような目をしている。

ヤケ酒か……？

藤島が自分の飲んでいたウイスキーを勧めると、女性は「ありがとうございます」と律儀に頭を下げ、同じものを注文する。しかしそれは氷の入ったロックではなく、ストレートだった。

そしてバーテンダーが差し出すと、

「ゴホッ、ゴホッ」

大いにむせたが、一気に飲んでしまう。

「大丈夫ですか？」

「え、あ、はい……すみません。ありがとう、ございます……」

苦く微笑《ほほえ》んだが、また空になったグラスをバーテンダーに差し向ける。

「お代わりをください！」

夜景が一望できる高級ホテルのバーへ来て、彼女はそれを楽しむことなく、呷《あお》るように酒を飲んでいる。藤島はその理由が気になって仕方ない。

普段は女性の方から一方的に近付かれることが多く、それが面倒で敢《あ》えて関わらないようにしているが、今日だけはそんな自分のルールにも縛られることはなかった。

「失礼ですが、なにか嫌なことでもあったんですか？」

思わず尋ねてしまう。

「どうしてそうお思いになりました？」

逆に質問される。

「あなたはお酒が好きなはずなのに、美味《おい》しそうに飲んでいないから、でしょうか」

「すごいですね」

予想は的中したようだ。

「実は今日、人生で最悪なことがありまして……」

「最悪なこと？」

「誕生日なのに、長年付き合っていた彼氏の浮気が発覚しました……」

思った以上に話は深刻だ。

「これまであまり、彼女らしいことができてなくて……そろそろ結婚も考えたいし、彼の部屋へ行ったのですが……」

「まさか」

「そう、そのまさかでした。ベッドの上には別の女性がいて……」

彼女は思い出したように深くて苦しい息を吐いた。

ご愁傷様としか言えなかった。だからこんな無茶な飲み方をしていたのだろう。

しかし女性は、酒の席に暗い話を持ち込んだことを申し訳なく感じたのか、

「変な話をして、ごめんなさい。忘れてください」

わざと明るく告げる。

「俺はかまわないので、無理しないでください」

「優しい方ですね」

「なにもできませんが、よかったら、話くらいは聞きますから」

すると苦く微笑み、瞳を潤ませた。

信じていた彼氏に裏切られ、そうとうなショックを受けたに違いない。泣き腫らした顔から、それはすぐに想像ができた。

出会ったばかりだが、女性に同情してしまう。どうして彼女がいるのに二股をかけ、大切な人を傷付けたりするのか。その男が腹立たしく思えてくる。

「彼とは別れた方がいいです。あなたがもったいない」

つい口を挟んでいた。

「結婚しなくてよかったですよ。そういう男はまた、浮気を繰り返しますから」

藤島の語尾から自信が感じ取れたのか、彼女は小さく口角を上げる。

「ですよね」

「はい」

「だったら、よかったです。実はさっき別れてきました」

「そうでしたか」

「少し迷いがありましたが、今いただいたアドバイスで、吹っ切れました。本当にありがとうございます」

初めて微笑んだ彼女は美しい。

「カッコいいです、ものすごく」

本当にそう見えた。

「私が？」

女性は驚いた顔をする。

「世の中、有言実行できない人ばかりですから」

「……」

「お祝いしましょうか」

「破局記念の、ですか?」

「まさか、今日はあなたの誕生日なんでしょう?」

「ええ、まあ」

彼女ははにかんだ。

「俺に奢《おご》らせてください。ウイスキーもいいですが、せっかくなのでシャンパンを開けましょう」

愁《うれ》いを含んだその瞳に吸い込まれそうになる。なんて可愛い人なのだろう。無理して微笑むその姿に、愛《いと》おしささえ覚えてしまう。

アルコールだけでは身体によくないと思い、バースデーケーキだけでなく、生ハムやフルーツも見繕ってオーダーした。


そして互いの名前も聞かないまま、意気投合すること二時間——。

女性は笑顔を作ったかと思えば、ときに涙をこぼし。それを拭ってはまた切なく微笑んだ。

あまり酔ってないように思えたが、化粧室から戻ってきたときの足取りが危うい。

「大丈夫？」

「少し飲み過ぎたかもです。ちょっと気分が悪くて。どうしよう、歩けないかも……」

黒革のハイチェアへと座り直せず、へなへなと御影石《みかげいし》の床にしゃがみ込んだ。

「これでお開きにしよう」

女性を抱えるようにして立たせたあとは、ルームチャージで二人分の支払いを済ませた。

「下まで送るよ」

彼女の肩を支えてそう告げたが、

「大丈夫です。今夜は本当にありがとうございました……」

ぺこりと頭を下げたあと、ひとりでバーを出ていこうとする。

「忘れ物、バッグを忘れてる」

残された黒のトートバッグを持ち、彼女を追いかけた。女性はそれを受け取ったが、肩にすらかけられない。藤島の広い胸に顔を埋《うず》めてくる。

参ったな……。

とてもひとりで帰せる状態ではない。これではタクシーに乗せるにも心配だ。

「仕方ない……」

彼女を自分が宿泊する部屋へ連れていき、少し休ませてから帰すことにした。

小柄な女性との身長差は、二十センチ以上はあるだろう。そんな彼女のトートバッグを肩にかけ、よろめく身体を支えながら、エレベーターに乗り込んだ。降りたあとは廊下を進み、着ていたジャケットの胸ポケットからカードキーを取り出す。部屋のドアを開けた。

「着いたよ」

ゆっくりと女性をベッドに横たわらせる。そのとき捲《めく》れたスカートから、細くてきれいな足が見え、不覚にもドキリとしてしまう。

なにを考えてるんだ、俺は……。

自身を窘《たしな》めるように、彼女に毛布をかけた。

ここへは一週間ほど滞在する予定だ。ひとりだが、キングサイズのベッドが入った広めのダブルルームを押さえている。

ニューヨークからはビジネスクラスでのフライトだったが、機内であまり眠ることができなかった。疲れがかなり溜まっている。本来ならすぐ眠りにつきたいところだが、不意の来客を迎え、そうもいかなかった。

藤島は高級ブランドの腕時計に目をやったあと、デスクの上にあったパソコンを開く。溜まっていたメールをチェックした。

　四十分、経った頃だろうか。

「え、あ……ど、どこ……？」

　ベッドにいた女性が驚いたように目を覚ます。ここへ来たことを覚えていないのか、辺りをきょろきょろ見回した。

「俺の部屋だよ。さっきバーで、いっしょに飲んだのは覚えてる？」

「あ……は、はい」

　しかし彼女は藤島のことが信用できないのか、慌てて自身の衣服の乱れをチェックする。小さな失望を感じた。

「なにもしてない。ここで三、四十分、休んでもらっただけだ」

「そういう、意味じゃ……すみま、せん……」

「お水、飲む？」

　冷蔵庫の中からミネラルウォーターのペットボトルを取り出し、蓋を開けて手渡した。女性はそれを半分くらい飲んだあと、開いたままのパソコンに気付いたのか。

「もしかして、ここへはお仕事で？」

「まあ」

「ニューヨークから戻られたと聞きましたが、お住まいは東京ではないのですか?」

その種の質問には答えるのが面倒で、適当な返事をしていると、女性はベッドから
いきなり飛び降りる。酔いはずいぶん醒《さ》めたらしい。

「じゃあ、私はこれで……」

帰ろうとした。

「遅いから、送っていくよ。家はどの辺り?」

「五反田《ごたんだ》です」

「なら、タクシーでもそんなにかからない」

「大丈夫です、ひとりで……」

そうこうしていると、なぜか女性はクスクスと笑い出す。

「……ん?」

「子供扱いですね」

「え?」

「男と女がホテルのバーで飲んで、こうして二人で部屋にいるのに。帰ると言っても、
引き止めもしない。私って本当に、魅力がないんだなって」

「……」

もし彼女が遊びなれているふうな女だったら、藤島とて簡単には帰さなかっただろう。

「だったら、引き止めてもいいの？」

真面目な顔で尋ねた。

「冗談ですよ、冗談。今日はとても楽しかったです。介抱までしていただいて、本当にありがとうございました……」

ごまかすように微笑み、ドアの方へと進もうとする。

「待って」

とっさに女性の腕を掴んでいた。彼女をこれ以上傷付けたくなくて、下世話な気持ちを抑えていたが、藤島も生身の男。

「君を抱きたくなった」

「え……」

答えを聞くことなく、華奢《きゃしゃ》なその腰を引き寄せていた。

きれいな黒髪を撫《な》でながら、ぷるんと蕩けそうな唇を奪う。抵抗されないことを確認すると、さらにキスを深めた。

唇を弄《もてあそ》ぶように幾度か食《は》み、味わう。着ていた黒のカーディガンを剥ぎ取り、ベージュのワンピースの後ろファスナーを一気に下ろした。彼女の肩からそれを引き抜き、すとんと下に落とす。

「や……」

真っ白な清楚な下着に、男心が撃ち抜かれた。少女のように恥じらう彼女は本当に可愛い。

口づけを続けながら、藤島も着ていた服を脱ぎ、鍛え上げた上半身をさらした。

少し開いた女性の唇の隙間《すきま》から、舌を挿し入れる。歯列を舐《な》めたあと、彼女の舌を強引に搦《から》め取《と》った。

「ん、う……っ」

途切れ途切れの吐息が悩ましい。ゆっくりとキングサイズのベッドに倒していく。

「すみません、電気を……」

さすがに明かりの下ではためらわれるようだ。藤島はベッドサイドテーブルに手を伸ばし、部屋の電気を消した。

「これでいい？」

小さく頷《うなず》いたその唇に、ふたたび強引なキスを落とす。それを彼女の細い首筋へと滑らせた。

感じているような声が聞こえてくる。藤島の気持ちはますます昂《たかぶ》った。

長い指の先で白い下着の端を卑猥《ひわい》になぞったあとは、自身の唇を鎖骨から二つの膨らみへと這《は》わせていく。

「あ、う……んぅ……」

肩紐《かたひも》をずらし、胸の下着を下げて愛撫《あいぶ》を重ねると、女性の呼吸はさらにはあはあと激しくなった。妖艶《ようえん》に背を反らしている。

どこか幼く見えるその表情が、なんとも艶めかしい。藤島を興奮の渦へと誘い込んだ。

素足の彼女の膝裏《ひざうら》をいけない指先で弄んでいく。小さな円を描きつつ、上へ上へと移動させた。

「いい?」

恥ずかしそうに頷いた女性の間に腰を割り入れ、さっき出会ったばかりの二人はつながった。

藤島がリズミカルに動くと、彼女は切なげに顔を歪《ゆが》め、大きな背中にしがみついてくる。

官能の海をゆっくりと渡り、絶頂へと昇り詰めた。同時に果てたのだ——。

眠ってしまった女性の髪を撫でながら、その額に優しいキスをする。

彼女が誰なのかはわからないが、藤島がほのかに愛情を抱き始めたことだけは確かだった。

バーでのおしゃべりは格別に楽しかった。誠実な人柄であることも見て取れる。浮気をした彼氏を吹っ切った潔さは見事で、なにより身体の相性は最高だ。

そしておそらく彼女は、こうしてひと晩を遊ぶだけの女ではないだろう。

このまま別れるのが惜しくなった。明日の朝、モーニングコーヒーを飲みながら、また会わないかと尋ねてみよう——。


しかしそんな藤島の思いが届くことはなかった。翌朝目覚めると、隣で眠っていたはずの女性が消えている。

……!?

落胆する藤島に、一枚のメモが残されていた。

『最低ですね　さようなら』

「最低だって……!?」

昨夜はバーで誕生日を祝ってご馳走《ちそう》し、酔った彼女を部屋へまで連れてきて介抱した。関係を持ったのも、向こうが誘ってきたからだ。

ていうか、自分もよさそうにしてたじゃないか……。

意味がわからなかった。どうしてこうも男のプライドを傷付けてくれるのか――。

もしや彼女は彼氏と別れるつもりなどなくて、ただ気晴らしにひと晩遊びたかっただけではなかったのか。だから藤島とはあと腐れがないよう、こんな失礼なメモを残していったのだ。

推測が納得できる結論を導き出すと、溜め息が洩れた。にもかかわらず、本気で女性に思いを寄せていた自分が情けない。

「そんなふうには、見えなかったんだけどな……」

結局自分はあの女にまんまと騙されていた。可愛い顔をしていたが、酔った振りをした、とんでもないメギツネだったようだ。

藤島は念のため、盗まれたものはないかと部屋中をチェックした。女を見る目だけはそこそこあると自負していたが、まだまだであったらしい。

うなだれるようにベッドの端に座り、苦い笑みをこぼすしかなかった。

第二章　あの夜、妊娠したかもしれません！

「どうしよう、どうしよう、どうしよう……」

今が出勤途中の混雑した車内でなければ、彩里はおそらく自身の頭をポカポカと叩《たた》いていただろう。

すべては浮気をした悟志のせいだ。彼が裏切らなければ、ヤケ酒を飲みにあの高級ホテルのバーへ行くことはなく、男性とも出会わなかった。

ファッション雑誌から抜け出たような、超絶ハンサムな彼に騙されたと気付いたのは翌朝のこと。

ベッドで目覚めた自身をチェックすると、なにも着けてはいない。やはりこの人と、最後までいたしてしまったらしい。

でも嘘でしょう……？

男性はなんの配慮もなく、彩里を抱いていた。信じて注意を怠《おこた》った自分もいけないが、よりによって妊娠の可能性が高い日。

冷静に考えたら、これほど高水準のイケメンが、下心もなく声をかけてくるはずはなかった。初めから彩里の身体が目的だったのだ。

時計の針は戻せないけど、行きずりの男性と楽しんだアバンチュールの代償は大きかった。

どうしよう、もし妊娠していたら……。

地下鉄はあとひと駅で、丸菱物産の本社ビルがある大手町《おおてまち》に到着する。後悔ばかりで過ごした二日間だったが、そろそろ出勤モードに切り替えなくてはならない。

モスグリーンのスーツの肩にかけていたバッグから、オフィス用の伊達眼鏡を取り出してかけ、きりりとしたビジネスウーマンを演出する。

そのときマナーモードにしていたスマホの画面が目に入った。表示された通知の多くは悟志だろう。

彼には別れると宣言してきたが、未だに言い訳を並べた電話やメッセージが続いている。『なにも聞きたくない』『もう連絡してこないで』と一度返したが、まるで伝わってはいないようだ。

はあ……。

彩里は大きな溜め息をついた。

最寄り駅のホームからエスカレーターで改札階まで上がる。階段を使い、いつもの出口から地上へ出ると、我が国屈指のお洒落で機能的なビジネス街、丸《まる》の内《うち》のさわやかな朝が広がっていた。

モダンなビルディングやブランドショップが建ち並ぶ、秋色に染まった街路樹の道。ビシッと決めたビジネスマンや洗練されたＯＬたちがオフィスへと急いでいる。

しかし今朝は、そんな絵のような風景を楽しんでいる暇もなかった。

悟志のこと、見知らぬ男性との一夜の過ちに加え、さらなる心の負担が待っているからだ。ニューヨーク帰りの新たな上司がやってくる。

若くして丸菱物産の花形であるエネルギー部門の課長を任されたその人は、石油エネルギーのスペシャリスト。頭脳明晰《ずのうめいせき》で、上を怖がらずにきちんと意見が言えるという。部下からは慕われ、重役からの信頼も厚かった。

だけど素晴らしい成果を上げている反面、仕事にはかなりストイックだという噂《うわさ》が。周囲への要求も高いだろう。

エネルギー部門では中東諸国への急な出張が多いためか、彩里がいる石油貿易課の二十人近い課員のほとんどが男性だ。一般職はいない。女性も彩里のほかには四十代既婚の篠山《しのやま》係長だけで、気軽に話ができる雰囲気ではなかった。

おそらく今後は、新しく来た課長のサポート的な仕事が多くなるだろう。ますます憂鬱な気分になった。

吹き抜けのエントランスホールから、六基あるエレベーターのうちのひとつに乗り、エネルギー部門のオフィスがある七階へと向かう。

絨毯《じゅうたん》が敷かれた廊下を歩き、いつもの始業開始時刻の三十分前、八時半に石油貿易課へとたどり着いた。

「おはようございます」

パーティションで仕切られた、大きなデスクの島が三つ。まだ半分くらいの人しか出社していない。

彩里は来客の対応も行っているため、出口に一番近い場所にデスクがあった。モスグリーンのスーツの上着を椅子の背にかけ、それをそのまま引いて座り、すぐにパソコンの電源を入れた。

新しい課長はお偉いさんたちに挨拶を済ませたあと、ここへ来るはずだ。顔を見せるのは午後からになるだろう。

今日はメンタルコンディションが万全ではないため、できれば早めに帰りたかった。

やるべきことを先回りして済ませておこうと、パソコンの画面を前のめりに覗き込んでいると――。

後方からコツコツという硬い足音が聞こえた。斜め後ろへと視線をずらすと、艶のあるキャメルの高級革靴が歩いている。

ん……？

ハッとして椅子を回転させると、チャコールグレーの光沢あるビジネススーツを着こなした長身の男性が見えた。

新しい課長かもしれない。彩里が慌てて立ち上がると、彼は予想通り窓際にある課長席に黒革のビジネスバッグを置いた。

「おはようございます」

と、振り返ったその人を見た目が点になる。

ううう、嘘でしょう……!?

息が止まった。そこにはこの二日間の悩みの種、一夜をともにしたあのイケメンが立っていたからだ。

なんで……!?

しかしそんな彩里の心の声が届くはずもなく、

「皆さん、ちょっとよろしいでしょうか」

新しく来た課長は、石油貿易課の課員を集めた。

もしかしたら、なにかの見間違いかもしれない。そう思い、かけていた黒縁眼鏡をわざわざずらし、視力のいい肉眼で確認したが——。

女子受けするさらりと額にかけられた前髪に、仕事ができそうな切れ長の目、鼻筋の通った端整な顔立ちは、やはりホテルの部屋で目覚めたとき、隣で眠っていた男性そっくりだ。

どど、どうしよう……。

小刻みに身体が震え出した。動揺した目が右左に泳いでしまっている。彩里は無意識のうちにうつむいていた。

「この度、石油貿易課の課長に就任しました藤島亮です。一昨日ニューヨークから戻ったばかりで……」

と、課員ひとりひとりの顔を順序よく見ていく。

うわっ、次来る……まずい、バレるぅ……!!

緊張はピークに達したが、捉《とら》えた彼の視線が留まることはなかった。

あれ？　気付かれなかった……？

きっとあの夜とは、雰囲気がまったく違うからだ。ワンピースではなくシックなスーツを着て、髪も後ろでひとつにまとめ、伊達眼鏡をかけたオフィスバージョン。ちょっとした小細工が功を奏したらしい。

というか、どうして自分はこうもコソコソしているのか。そもそも酔った彩里を部屋へ連れ込んだのは藤島だ。

朝まで過ごした間柄の彩里が目の前にいるというのに、サイボーグのように動揺すら見せない。おそらく星の数ほどの女と毎晩のように遊んでいるから、気付きもしないのだろう。

ちょっと癪《しゃく》に障りはしたが、バーでは親身になって話を聞いてくれ、シャンパンとケーキで誕生日を祝ってくれた。

悟志と別れ、どん底だった自分はある意味救われたのだから、このまま知らない振りをするのもいいかもしれない。

オフィスではこれから、毎日顔を合わせることになる。逆に下手に騒いだら、仕事がやりにくくなるだろう。

うん、そうしよう……。

などと彩里が今後の方針をこっそり立てていると、藤島課長とは同世代だがイマイチあか抜けない、真面目な性格の谷中《たになか》係長が告げた。

「それではしばらく藤島課長のサポートは……田中さんにお願いします」

「へっ？」

予想はしていたが、突然のご指名に素《す》っ頓狂《とんきょう》な声が出る。仕方なく一礼し、自己紹介を始めた。

「田中彩里と申します。石油貿易課へ異動してきたのは先月のことで、まだ私もわからないことが多いですが、なんなりとお……」

と、複雑な心情に蓋をして、謙虚に申し出たにもかかわらず、

「ありがとう。自己紹介はもう結構です、田中さん」

藤島は彩里を遮った。

「ここにいる全員の人事データはすでに頭に入っています。時間がもったいない。皆さん、すぐに仕事に戻ってください。世界は動いています」

は……？

冷た過ぎるその対応に唖然とした。

そして藤島はデスクに戻ろうとした谷中を呼び止め、

「サウジアラビアの件はどうなっていますか？　進捗《しんちょく》状況を詳しく聞かせてくださ

い」

　さっそく仕事に取りかかる。

「ではミーティングルームへ」

　二人はタブレットを抱え、せわしなく会議室へと消えた。

　なんなのよ……。

　彩里に気付くどころか、存在自体を無視するようなあの態度。バレない方が仕事はやりやすいと考えたが、妙に虚《むな》しくなってくる。

　遊び人の藤島は、血も涙もない冷淡な仕事人間でもあるらしい。部下の彩里を尊重するわけではなく、ただ手足として使うようだ。こんな人だから、ひと晩過ごしたことも忘れてしまったのだろう。

　ホテルのバーで出会った優しかった彼は幻だったのだ。帰りたくないと思い、流されるままに身をゆだねてしまった自分は、なんと愚かだったのか。

　後悔する彩里だったが、妙に寂しい気持ちにもなっていた。

＊

「田中さん、ちょっと」

「あ、はい」

藤島に呼ばれた彩里はびくりとして立ち上がり、重い足取りで彼のデスクまで進んだ。

「なんでしょうか、課長」

「昨日頼んだギニア湾周辺の環境調査だけど、見せてくれる？」

「そ、それは……」

藤島が石油貿易課の課長となって三日。これまでさまざまな功績を残し、この若さで課長へと上り詰めた彼が求める仕事のレベルは非常に高い。

彩里は指示通りに動く、単なるサポート役だと考えていたが、それはまったく違っていた。他の課員たちと同じように仕事を割り振ってくる。自身で調べ、想像を働かせてアイデアを練り込み、検討して忖度《そんたく》し、スピード感を持って処理することが要求された。

「データ、こっちに送っておいて」

「実は……」

「ん？　できてないの？」

「あ、はい……」

先月繊維部門から異動してきたばかり。まだエネルギー部門の仕事には精通しておらず、どれほど頑張っても必要な知識や特殊地域の語学力が十分ではなかった。同時に他の仕事も抱えている。

それでも藤島に対する意地があり、弱音を吐かずに毎日遅くまで残業していたが、時間はいくらあっても足りなかった。

「すみません、もう少しお時間いただけないでしょうか。きちんと仕上げたくて」

真摯に頭を下げたが、どこか呆《あき》れたふうに彩里を見た。

「仕事はひとりでやってるんじゃない。できないならできない、わからないならわからないとすぐに言ってくれ」

「じゃなくて、課長……」

「環境調査の段階で滞っていては、次に進めない。スケジュールに影響が出てしまう」

「……」

仕事が遅いことは認めるが、ギニア湾周辺の環境調査がそこまで急きであったなら、事前に教えてほしかった。最優先でやっていただろう。

「できそうか？」

「もちろんです」

「いつまでに？」

「明日の午前中には」

「わかった」

最後はうっとうしそうに目を細めた。

彩里の方にも言いたいことはあったが、早くおしまいにしたくて頭を下げる。踵《きびす》を返し、立ち去ろうとしたが、

「総合職のプライドも大事だが、できないときはできないと認める勇気も必要だ。ここは組織で動いている」

などと背後から注意が飛んでくる。

というか、そこまで言う……？

部下の状況も把握しないで、ポンポン仕事を大量に投げてきて。期限も伝えないで、勝手にできないと決めつけるなんて絶対におかしい。

どう考えても彼は彩里にだけ、コミュニケーションを必要以上に取ろうとしない。最低限に抑え、避けているみたいだ。そのため全体の仕事の流れが見えなかった。

元いた繊維部門ではそれなりに認められ、大事な業務を任されていた。バイヤーと

してひとりで海外へ出た経験もある。

なのにここまで無下にされたら、今まで積み上げてきたキャリアが泣くだろう。

「あの、課長」

他の人に比べたらまだまだ仕事はできないが、リーダーなら部下を不愉快にさせない伝え方をするべきだ。

頭に来た彩里は藤島のデスクを回って彼に近づいたあと、声を殺して耳元でささやいた。

「課長は私のこと、本当に覚えてませんか？」

「君のこと？」

「以前にお会いしましたよね」

かけていた黒縁眼鏡を外し、後ろで束ねていた髪を勢いよく解く。

「わかりますよね。私ですよ、わ、た、し！」

さらに顔を近付け、恐ろしいほど睨みつけたが、彼は一ミリの動揺も見せなかった。

それどころか、

「どうした？　妄想癖でもあるのか？」

「妄想癖……？」

「この部署は、忙しいのが当たり前だ。仕事に行き詰まったからといって、イチイチ感情的になってどうする？　少し落ち着け」

まるで彩里が未熟な人間のように言う。

「ほらほら、いつまでもふざけてないで。仕事に戻って」

藤島はどこか慌てたようにそう告げ、固定電話の受話器を上げた。発音のいい英語で話し始める。

絶対にこれは、確信犯だ……。

やはり直感通り、彼はあの夜の女性が彩里であることに気付いている。今のぎこちない態度がなによりの証拠だろう。

だとしたら、どうして彼はここまで知らない振りをするのか。

大人げなく弄んでしまったことに、多少なりとも罪悪感があるのか。でなければ、これ以上の関わり合いを持ちたくないと思っているのだろうか。

だからって……。

わけもなく悔しかった。なぜ自分はここまで疎《うと》まれるのか。だんだん悲しくなってくる。

とはいえ藤島は仕事のできる上司。彩里以外の周囲の人間は彼を尊敬し、慕っている。

仕方ないか……。

目を瞑《つむ》り、言われた通りに従うしかなかった。

＊

自分のことを知っているのかと尋ねて以来、藤島がさらに厳しく接してくるように思えた。

会社での公私混同がいけないことはよくわかっている。だけど不本意ながらも、同じ夜を過ごしたのだ。今となっては、どうしてこんな冷たい人と、あんなことをしてしまったのか。悔やんでも悔やみ切れなかった。

たまにはオフィスでの憂さを誰かと晴らしたかったが、ここ石油貿易課には気軽に話せる同僚女性はいない。男性社員たちは藤島を信頼し切っている。

繊維部門にいたときは同じ部署の同僚や同期たちと、外でランチをしたり、アフターファイブを楽しんだりもしたが、異動してからはほとんど誘われなくなった。お昼もひとり、社員食堂で寂しく食べている。

大学時代の親しい友人たちは立て続けに結婚し、家庭を築いていた。これといった趣味や習い事があるわけでもない。

悟志もとうとう諦めたのか、近頃ではなにも言ってこなくなった。

彼と元の鞘《さや》に収まることはないが、ちょっと態度が頑《かたく》なだったのではないか。楽しい思い出もあるのだから、別れるにしてももう一度くらい会ってもいいのではないかと考えてしまう。

おそらく心の拠《よ》り所《どころ》がないからだ。弱気になっているのだろう。孤独に耐えられない、そんな自分が情けなかった。

そして最近は自炊をすることすら面倒になり、コンビニ弁当で夕食を済ませることが多い。今夜も焼き魚弁当とスイーツのプリンを入れたレジ袋を手にし、フラフラと最寄り駅からの夜道を歩いていた。

大学時代から住んでいるオートロック付きのワンルームマンション。帰ったあとはまず郵便受けを確認し、エレベーターで三階へと上がる。

真っ暗な部屋に入った瞬間が一番心細かった。ひとりぼっちになったことを実感してしまう。

明かりをつけたあとは、テレビから賑やかな音声を流した。買ってきたお弁当を電子レンジで温め、お湯を沸かす。急須を使ってお茶を淹《い》れ、テレビの前にあるローテーブルに鎮座した。

「いただきます」

お弁当の蓋を開け、食べようとしたとき、スマホが鳴った。山梨《やまなし》の母からだ。悟志でなかったことにホッとする。もし彼なら話を聞いていたかもしれない。

『もしもし彩里？　元気？　新しい部署はどうなの？』

「うん、まあ、ふつう」

そのあと母といつもの世間話をしていると、電話の向こうから父のせっつくような声がした。

『ええ、はい……わかってます。今から言いますから』

電話をかけてきた目的は別にあるらしい。

「なに？　どうかした？」

『それがね……』

彩里にお見合いの話が来たようだ。

『甲州《こうしゅう》観光バスの社長の息子さんでね、年は三十五歳。東京の大学を出ているから、彩里とも気が合うんじゃないかしら』

「……」

『ご長男で、いずれは甲州観光バスを継がれるそうなの』

甲州観光バスといえば、山梨では誰もが知る大手のバス会社。そこのご子息との縁談とあれば、両親が浮き足立つのは無理もなかった。地元では玉《たま》の輿《こし》に乗ったと大騒ぎになるだろう。

『あちらがね、丸菱物産に勤める田中校長のお嬢さんならぜひにって、おっしゃってくださったのよ。見た目も悪くはないし、いいお話だと思わない？』

お見合い写真を写したものが送られてくる。年は少し離れているが、確かに外見も悪くなかった。逆に今まで独身でいたことが不思議なくらいだ。

「そう、ね……」

母は一度会ってみないかと勧めてくる。結婚後は会社を辞めて山梨に戻ることにはなるが、今の丸菱物産に未練はなかった。地元で暮らせば二人も喜ぶだろう。

あ、でも万が一のことがあれば……。

もしお見合いのあとに妊娠していることがわかれば、結婚は白紙。相手に多大な迷惑をかけ、両親をがっかりさせ、小学校の校長である父のメンツは丸潰れとなる。考えただけでも気持ちが重くなった。

「ごめん、このところ忙しくて、すぐ山梨には帰れない。いいお話だけど、断ってくれる？」

『でも日曜はお休みなんでしょう？』

「そう、だけど……」

すると母は探るように聞いてくる。

『もしかして彩里、好きな人がいるんでしょう』

「違うよ、そういうんじゃなくて……仕事がおもしろいから、まだ辞めたくないの」

嘘は心苦しかったが、本当のことを言えるはずもない。

電話を切ると、温めたはずのお弁当が冷めていた。仕方なくそのまま箸を持つ。

ひとり暮らしの部屋には、テレビから流れるバラエティー番組の笑い声だけが賑やかに響いていた。

＊

両親からの見合い話を断ったことで、自分が妊娠しているかもしれないという不安がさらに膨らんだ。

次の生理予定日まであと五日。気のせいか、近頃は胸が張るような気がしてならない。

すぐに結果を知りたいという思いと、もしそうだったときの恐怖が入り混じり、まるで身体に時限爆弾が仕かけられたようだ。

彩里はそんな悲痛な思いで毎日を過ごしていたのに、その原因を作った藤島は相変わらずクールなスタイルを崩さない。

今から異動を願い出れば、叶えてもらえるだろうか。それとも彼を厳し過ぎる上司としてモラハラで訴えてやろうか。

いやいや、事を荒立てるより婚活をして、退職届を叩きつけた方がすっきりする。

一度断ってしまったお見合いだが、今回の件がはっきりしたら、やっぱり考え直すと言ってみよう。

彩里の心のうちはどこまでも複雑だった。


自分は会社を辞めることまで視野に入れているのに、藤島は相変わらずだ。あの夜のことを忘れたかのように、にこりともせず淡々と仕事を指示してくる。

内面は最低だけど、見た目だけは完璧過ぎるイケメン。そのうえリッチな独身で、ファッションセンスも抜群だった。もっか出世街道を独走中である。

そんなイケてる彼を、玉の輿を狙《ねら》う女子社員たちが放っておくはずはない。本性も知らず、なにかと理由をつけては代わる代わるに石油貿易課へとやってきた。

本日も秘書課からわざわざ、ボディーラインを強調したスーツで、美人専務秘書様がお越しになっている。

なにやら手土産らしきものを手渡して、猫撫で声を出した。

「藤島課長〜、旅行に行ったお土産です。石油貿易課の皆さんでどうぞ」

受け取った藤島は嬉しそうだ。鼻の下を伸ばしている。美女が嫌いな男はいないらしい。

「旅行はどこへ行ったの？」

「北海道《ほっかいどう》です」

珍しくオフィスで雑談までしている。彩里には見せたことのない、さわやかな笑顔を作って。

「課長ってアメリカの名門、ハーリード大学のご出身なんですよね」

「ああ」

「ご卒業のあと、ＭＢＡをお取りになったんですか？　すご過ぎますぅ」

マジでエリート……!!

「今日もイルマーニのスーツ、よくお似合いです」

そのうえスーツはイルマーニなの……？

「お休みの日は、なにをされているんですか？」

秘書課の質問はまだまだ続いた。

「そうだな……ヨットに乗ったり、テニスをしたり。帰国してからは付き合いでゴルフのコースも回るようになった」

「うわーっ、素敵！」

豪華な趣味から推測してもやはり金持ちだ。ホテルのバーで最初に会ったときから、そんな感じはしてたけど。

「だったら私もゴルフを始めようかな？　専務からも言われてるんです、楽しいよって」

「いいんじゃない？」

「もしご迷惑でなければ藤島課長、今度私にゴルフ、教えていただけませんか？」

「それなら専務から習えばいいのに」

「えーっ、でも課長の方がいいですぅ」

目をハートにした秘書は迫りまくっている。

なによ……！

二人のイチャイチャ振りが鼻についた。見ているとなぜかイライラしてくる。

この前もニューヨークの同じ部署で働いていたというブロンド美女が、日本への出張ついでに藤島を訪ねてきた。

勤務中なのに、いきなりみんなの前で大胆にもハグ。完璧な英語で楽しそうに語り合っていた。そのあと二人は高級ホテルのフレンチレストランへランチに行き、なかなか戻っては来なかった。

ん……？

あれは絶対食事のあと、部屋でよからぬことをしていたに違いない。藤島はそういうことを企む男だ。

彩里はひとり腹を立てていた。

「では課長、また後ほど」

専務秘書はイケメン課長とのやりとりに満足したのか、弾む足取りで石油貿易課を出ていく。

するとちょうど藤島のデスクの前にいた彩里が呼ばれた。

「田中さん」

今度はどんな嫌みを言われるのか。少なくとも今は機嫌がいいはずだ。なんでもいいから早く終わってほしい。

そう思い、恐々《こわごわ》近付くと、彼は秘書が持ってきた北海道のお土産のクッキー『白雪の恋人』を箱ごと寄越した。

「悪いが、みんなに配ってくれ」

「はい……？」

彩里は藤島を見る。

「申し訳ありませんが、課長。これは課長がいただいたクッキーですよね。どうして私が配るんですか？」

「クッキーは嫌い？」

「そういう問題じゃなくて」

「……？」

「これでも私、総合職です！　クッキーの配布はいたしません！」

想像以上の大きな声が出ていた。どうして秘書が持ってきたクッキーを、わざわざ自分に渡すのか。そう思ったら、なぜか癪に障ったのだ。

バチバチした雰囲気を感じ取ったのか、谷中係長が慌てて飛んでくる。

「田中さん、どうしたの？」

「え、だから……」

「近頃、疲れているみたいですね」

そして谷中は憮然と立ちすくむ彩里に代わり、

「課長、僕が配ってもよろしいですか？」

強引にクッキーの箱を奪い取った。頼みもしないのに、さっそくみんなのデスクに置いて回っている。

そういうつもりじゃ……。

すると藤島は溜め息をついた。

「これで満足か？」

「えっ？　あ、はい……まあ……」

「どういうつもりだ？」

彩里の態度に、今回ばかりは腹を立てたらしい。もうどうなってもかまわないと思った。

「聞きたいのは私の方ですよ、課長！」

いざとなれば、すぐにでも会社を辞めてやろう。就活の大変さを思い起こせば、残念な気もするが、健全な精神状態を保つ方が大切だ。

こっちが珍しく強く出たからか、藤島は急に席を立ち、デスクの背後にある大きな窓から外を眺め始めた。彩里は彼を追いかける。最後に復讐したくなったからだ。

傍《そば》に歩み寄り、にやりと笑みを浮かべて重大事項をささやいた。

「課長、ホテルでの一件、覚えていますよね」

「さ、さあ……」

「まあ、いいでしょう。これ以上惚《とぼ》けるつもりなら、課長に弄ばれた事実を社内掲示板に流します」

「は……？」

「こっちには、課長の寝顔をばっちり収めた証拠写真がありますから」

「証拠写真……？」

「そうです。今の私に、怖いものなどありません。どうか、ご自身で掲示板を確認してみてください」

もちろんそんなものはなかった。しかし勢いづいた彩里は、つい口から出まかせを吐いてしまう。

けれどその脅し文句が効いたのか、藤島はすぐに屋上へ来るように告げた。

＊＊＊

田中彩里がここまでのモンスターだったとは思わなかった。

バーで会ったときの第一印象は、聡明で可愛い女性、のはずだったのに。失礼なメモを残しただけでなく、まさか証拠写真まで撮っていたとは。

これまであの夜のことを封印していたくせに、今さらどんな魂胆があるというのだろう。

丸菱物産の屋上から見える灰色の都会にも、ところどころに公園の緑葉が輝いている。息抜きには最適だった。

人には教えたくない、そんな穴場にわざわざ彼女を呼んだのは、誰にも話を聞かれたくなかったからだ。

しかし彩里はこちらの深刻な面持ちとは裏腹に、三六〇度のさわやかな秋空の下、のびやかに両手を広げて深呼吸までしている。人を脅迫しておいて、まったく呑気《のんき》なものだ。

問題をさっさと片付けたかった藤島はすぐに口を開いた。

「さっきの話、どういうことだ？　ホテルでのことを今さら持ち出されても困る。互いに合意の上、遊んだはずだ」

事実を端的に整理したつもりだが、彩里は訴えかけてくる。

「だからって、無視ですか？　すぐに私だって気付きましたよね」

「ああ、変な眼鏡をかけてはいたけど」

「やっぱり……」

彼女は悔しそうに唇を噛《か》んだ。

「確かに俺たちは一度関係を持ったが、同じ職場であることを知らなかった。偶然再会したとしても、見て見ぬ振りをするのが大人のマナーだろう」

「でも」

「そっちだって今まで、俺になにも言わなかったじゃないか」

大人しくなった隙に、畳みかける。

「そもそもホテルで泊まった翌朝、黙って帰ったのは田中さん、君の方だ。なのに突然、なんなんだ？　目的でもあるのか？　やっぱり金か？　いくら払えば清算してくれる？」

彩里は少し怖い顔になった。

「違います！　藤島課長が、最低限のマナーを守ってくれなかったからです」

「最低限のマナー……？」

「あ、はい……ですから、その……そういうことをなにもしないで、私としましたよね」

「え、あ……まあ……」

『最低』と書かれたメモは、そういうことだったのか……。

女性との行為を、下手だと見下されたとばかり思っていた。わざと男のプライドを傷付けようとしたわけではないらしい。

「悪かった」

藤島は男らしく頭を下げた。

確かにあの日は、帰国直後の疲れとアルコールで油断していた。相手が彩里であったからかもしれない。とはいえ、避妊を怠ったことへの弁解の余地はないだろう。

けれど彼女はとんでもないことを口にする。

「私、妊娠したかもしれません！」

「に、妊娠⁉」

目を見開いてしまう。

「あの夜は本当に危なかったんです！　そう思うと、怖くて怖くてまともに眠れないんです。なのに……」

「しかし今の話だと、妊娠しているかどうか、まだわからないんだろ？」

「はい」

「ふつうはこういうこと、妊娠が確定してから相手に迫るものだ。ちょっとおかしくはないか？」

理路整然と詰め寄ると、彩里は重い溜め息をついた。

「課長が毎日いじめるからです」

「いじめ……？」

「異動してきたばかりの私に、説明もなく仕事を次々と押し付けて。そのうえ総合職として、能力がないようにも言いました。これでも私、人並み以上に仕事がデキるという自負がありました」

「そう、か……」

「だからだんだん、腹が立ってきて……」

彩里が仕事をてきぱきと正確にこなすから、さらに高いレベルを求めてしまった。彼女なら、できるはずだと。

とはいえ、もしかしたら心のどこかで、『最低』と書かれたメモのことを根に持っていたかもしれない。冷たいと感じ取られていたのだろう。

「そんなつもりはなかった。ただ、君に期待していただけだ」

「期待……？」

すると一転、その表情は明るくなる。

「そうでしたか。知りませんでした。だったら私も少し言い過ぎました。ごめんなさい……」

急にしおらしく謝られても、却って拍子抜けしてしまう。気真面目な彼女は妊娠したと思い込み、人一倍悩んでいたのだろう。

とはいえ、寝顔の写真をバラまかれても困る。この場はいったん彩里を安心させる必要があった。

「心配するな、もし妊娠していたら、そのときは考える」

「考えるって……？」

「だから……」

するると今度は深い溜め息をついた。

「もしかして……費用は出すから、中絶しろとか？」

「いや、別に」

「課長ってやっぱり、その種の人だったんですね」

「その種の人？」

「いい加減で、思いやりのない遊び人ってことです」

一方的に決め付けられて腹が立ったが、冷静さを失ったらおしまいだ。

「誰でも、急に妊娠したとか言われたら戸惑うだろう？」

極めて穏やかに対応する。

「まあ、そうですよね」

彩里も悪い女ではなさそうだ。それにもし部下である彼女が妊娠していたら、さすがにシラを切って逃げることはできない。

「そのときは、男としてきちんと責任を取るから」

「責任って、私と結婚するってことですか？」

「え、あ、まあ……」

だがしかし、今すぐ『結婚』を断言するのは難しい。

「いずれにしても、妊娠したかどうかもわからない段階で、議論を進めても意味がない。そうだろう？」

上手くごまかすと、彩里は大きく頷いた。藤島はホッと胸を撫で下ろす。

「だから今後は、写真をどうこうするんじゃなく、まず俺に相談してくれ」

「わかりました」

「わかってくれて、よかったよ」

思わず笑みがこぼれてしまう。そして高級ブランドの腕時計をやや大げさに確認したあと告げた。

「あ、もうこんな時間か。これ以上、二人で席を離れるわけにはいかないな。みんなの目があるから、俺は少ししてから下りる。田中さん、先に戻ってくれ」

「はい。では課長、お先に失礼します」

彩里が立ち去った屋上にひとり残された藤島は、天を仰ぐしかない。

たったの一度で妊娠するはずはないが、降って湧いたような部下とのトラブルに足を掬《すく》われた気分だ。

だけどもし、子供ができていたら……？

自分はまだ三十一歳になったばかり。結婚は遠い未来の話だと考えていたが、今回の件で一気に現実味を帯びていた。

あの夜彩里は男と別れてきたと話していたが、元カレの子供ということはないのだろうか――。

人事資料によると、彼女の両親は山梨在住で、現在都内でひとり暮らし。優秀な成績で一流大学を卒業し、勤務態度は至って真面目。話していた通り、繊維部門ではそれなりの成果をあげている。

そんな疑いが脳裏をよぎったものの、誠実な仕事をする彼女が人を陥れ、結婚を迫るはずはないだろう。芯が強くて責任感のある女性だと信じたかった。

なにより自分のせいで、妊娠したかもしれないと悩んでいるのだ。実家暮らしではない彩里は、心細かったに違いない。

可哀《かわい》そうなことをしたな……。

長い息を吐いた藤島は覚悟を決め、彩里がいるオフィスへと戻っていった。

第三章　だんだん好きになっていく

人間というのは不思議な生き物だ。藤島課長に騙されたと思っていたときは、彼の顔を見ただけであんなにイライラしていたのに。

誰にも相談できず、世界にただひとり取り残されたようで。次々と生み出される焦燥感と恐怖心の源のすべてが、課長にあると思い込んでいた。

だけど彼はもし妊娠していたら、責任を取ってくれるという。それが結婚なのかどうかは定かではないが、自身が抱える心の負担が半減したことは確かだ。

プライベートな問題や悩みについて、話せる人がいるというのは救われる。何事にも代えがたかった。彼に対する印象がずいぶんよい方向へと変化していた。

屋上で不満を洩らしたからか、頼まれる仕事量も減っている。厳しく指摘されることもなくなった。

それどころか、社員食堂でばったり会ったときは、「なにを食べる?」と親切にもご馳走してくれた。

総務部にコピー用紙を取りに行き、その束を抱えて廊下を歩いていると、「貸して」とさりげなく持ってくれる。自分の子供を妊娠したかもしれない彩里を、気遣っているのだろう。

本当に赤ちゃんがお腹《なか》の中にいたら……？

ふとしたことで、藤島との結婚生活を想像してしまう。彼はよい夫、父親になってくれるだろうか——。

＊

藤島のおかげで、周囲には仕事に余裕が出てきたように見えるのか、真向かいに座る滝本《たきもと》がよく雑用仕事を頼んでくる。今日も、

「田中さん、悪いけど今から出かけるから、資料を入力し、ここに送っておいてくれない？　時間がないんだ」

USBメモリとメアドが書かれた名刺を渡された。

「あ、でも……」

急ぎの仕事があるため、断ろうとしたが、滝本はもう涼しい顔ですでに鞄《かばん》に書類を詰め始めている。

お坊ちゃま育ちの彼は丸菱物産へもコネ入社で、あまり責任感がない。すぐに人を頼ってくる。時間がないと言いながら、どうしてさっきは給湯室で女子社員と話し込んでいたのだろう。

思うところは多々あるが、仕方ない。今回だけは引き受けてあげよう。

「わかり、ました……」

「助かるよ、田中さん。やっぱり持つべきものは、優秀な同僚だね」

彩里を適当に持ち上げた滝本は鞄を手に、オフィスを出ようとする。しかし後ろを通りかかった藤島から呼び止められた。

「どこへ行くんだ？　滝本さん」

「開発機構へ」

「それならこの仕事、出る前に片付けてしまおうか」

すると滝本はにこやかにこちらを見る。

「大丈夫です。今田中さんに、お願いしましたから」

「タブレットがあれば、外からでも送れるだろう」

なぜか藤島は引き下がらない。

「悪いが、滝本さん。田中さんを便利に使うのはやめてくれ。彼女には急ぎの仕事を頼んでいる」

「あ、でも……」

「もしこの程度のことができないなら、ここ、石油貿易課で働くのは少し荷が重いようだ。もっと楽な部署へ異動できるよう、人事にかけ合ってやろうか？」

そのひと言が一撃となったのか、

「わ、わかりました。田中さん、ありがとう。僕があとで、自分でやるよ」

ＵＳＢメモリと名刺を奪い取った滝本は、そそくさとそれを自身の鞄に入れ、気まずそうに出ていった。

ずいぶん気持ちはすっきりしたが、藤島は滝本がコネ入社であることを知らないのだ。二流大卒の彼を丸菱物産へ入社させられるくらいだから、バックには役員クラスの大物が潜んでいるはずで。

藤島は親切心で彩里を助けてくれたが、これでは彼の出世を妨げてしまうのではないか。

「課長、ありがとうございます。でも滝本さんは丸菱物産へ……」

コネ入社であることを伝えようとしたが、

「それがどうした？」

すでに藤島は知っているようだ。

そういえば着任当日、人事データをすべて把握していると豪語していた。だけどそれならなおさら、滝本の扱いには注意した方がいい。

しかしそんな彩里の気持ちを知ってか知らずか、

「田中さん、君が滝本さんの仕事まで引き受けなくてもいい。少しでも仕事を減らしたいんだろ？」

今までこき使っていた人の言葉とは思えない。

「あ、はい……」

羨望《せんぼう》の眼差《まなざ》しで隣にいた長身の彼を見上げると、心臓がトクンと音を立てた。

もし本当に妊娠していた場合、これほど心優しくて男らしい彼が責任を取ってくれるなら、まったく悪い話ではない。

ハンサムな藤島が、さらにバージョンアップしてカッコよく見えた。傍にいるだけで頬が熱くなってくる。

まさか彼を好きになった……？

初めは一ミリも望まなかった妊娠だが、今ではそうならそうでいいとさえ思ってしまう。藤島ならきっと、頼《たよ》り甲斐《がい》のある素敵なパパになるはずだ。

仕事はできるし、なんといってもどれだけ見ても飽きないイケメン。結婚したら毎日幸せに暮らせそうな気がしてきた。

彩里の脳裏に教会のウエディングベルが鳴り響いた。友人たちからの祝福の声が聞こえるようだ。

ダメダメ、なにを考えてるのよ……。

芽生え始めた甘くて淡い気持ちを打ち消すように、彩里はふたたびパソコンの画面に集中した。

＊

生理予定日まであと三日。オフィスで仕事をしていても心がざわついてしまう。これは緊張なのか、それとも期待なのか。入試の結果を待つようだ。

ただ以前のような、ひとりで崖《がけ》の上に立たされた孤独感はない。漠然とした恐怖から解放されたのは藤島のおかげだろう。

今日は彼が取引先へ出かけているため、戻るまでに頼まれた仕事を完璧に仕上げておきたい。彩里がパワーポイントの画面に向かっていると、内線が鳴った。受け付けからだ。アポイントなしの来客があるという。

「どちら様ですか？」

別れたはずの悟志だった。彼とは改札で最後に会ったきり、ずっと電話にも出ていない。平日の今日は仕事がないので、痺《しび》れを切らしてやってきたのだろう。

面会拒否もできたが、一度はきちんと話しておきたい。

「わかりました、すぐに下ります」

彩里は総合受け付けのある一階ロビーへと向かった。

エレベーターを降りると、吹き抜けのエントランスフロアに、紺のスーツを着た悟志が立っている。彩里を見ると、まるでなにもなかったように「おぅ」と明るく手をあげた。

ここでは誰かに見られそうだ。感情的になり、大きな声を出してしまうことがあるかもしれない。

「外でいい？」

悟志を表へ連れ出すことにした。

丸菱物産へ来るため、普段は着ないスーツを久し振りに引っ張り出したのか、上着やズボンが皺《しわ》だらけだ。

目立たないよう、二人で石柱の陰へと移動し、話を切り出した。

「今日はどうしたの？」

穏やかに尋ねたからか、悟志は息継ぎすることも忘れ、自身を正当化する主張を繰り広げる。

要点をまとめると、「浮気相手は同じ職場の二十一歳の女の子。向こうにも彼氏がいるので、ホントに一度遊んだだけ」「彩里の誕生日にあんなことをして、申し訳なかった」「もう二度と浮気はしない」「彩里だけが本気。別れるつもりはない。よりを戻してほしい」ということだった。

「ごめん、悟志とはもう無理」

全部聞いたあとで結論から伝える。

「そんな寂しいこと、言うなよ。俺たち何年、付き合ってると思うんだ？」

悟志は甘えるような声を出した。でももうそんな言葉には騙されない。彩里は大きく息を吐き、強い口調になるのを我慢する。

「悟志の顔を見るたび、あのときのことを思い出すの。たぶん一生、忘れることができない」

悟志がベッドで女性と絡み合う姿が脳裏に浮かぶと、今でも気分が滅入《めい》ってくる。しかし彼は、自分が彩里を裏切った張本人だということを忘れているようだ。

「時間が経てば、平気だよ」

ここまで人の気持ちがわからない、バカ男だとは思わなかった。どうして八年も付き合ってしまったのか。情けなくなってくる。

「もし逆の立場だったらどう？　私があんなふうに浮気をしていたら、悟志は許せるの？」

「それは……」

言葉を失った悟志に、彩里は苦く微笑みかけた。

「だよね」

これで完全に吹っ切ることができそうだ。未練なく別れられる。このまま話していても埒《らち》が明かないし、そろそろ仕事に戻りたかった。

「悟志、今までありがとう。これからも頑張ってね」

だけどそんな彩里からのラストメッセージは、まったく悟志には響かなかったらしい。「じゃあ」と言って、オフィスへと戻ろうとした彩里の手首を掴んでくる。

「誓うよ。もう浮気は絶対にしない。彩里との結婚も本気で考えるからさ」

「もう遅いよ、放して！」

「いや、よりを戻すって約束するまで放さない！」

「ちょっと、やめてよ！　ここは私の職場だよ」

「頼む、彩里」

悟志は引き下がらなかった。

大学は同じでも、卒業後はそれぞれ別の道を歩んできた。いつしか考え方や価値観にズレが生じていたのだろう。

昔は誰よりもカッコよく思えた彼だが、今はみすぼらしく、大人になり切れていない中高生にしか思えない。

「悟志とのことは、いい思い出にしたいの。だから、きれいに別れよう」

「嫌だ。彩里がいないと生きていけない」

「勝手なこと、言わないでよ！」

「二度と浮気はしない。信じろよ！」

そんな押し問答を続けていると――。

「なにをやってる？」

ちょうど取引先から戻ってきた藤島と出くわした。

「課長……」

心の中に「マズい！」というフラグが立つ。できれば二人には顔を合わせてほしくはなかった。

藤島はすぐさま彩里に聞いた。

「もしかして、例の元カレ？」

「そう、ですが……」

するとなにを思ったのか、

「田中彩里は今俺と付き合っている。もうここへは来ないでくれ」

悟志に告げた。

「はっ？　付き合ってる？」

目を見開いた悟志は彩里に確認する。

「どういうことだよ、彩里。まさかお前も二股かけてたのか？」

悟志とは今日で完全に終わりにしたかったのに、いつしか話がややこしい方向に動いている。

「じゃなくて、この方は石油貿易課の課長で、私の上司」

「そう。悟志に絡まれてると思って、助けてくださったのよ」

そして藤島に向かい、

「あの、課長。ホントに大丈夫ですから。私のプライベートな問題です。どうぞ先にオフィスへ戻ってください」

彩里は頼んだ。藤島は表情を一瞬厳しく曇らせたかと思うと、それ以上はなにも言わず、ビルの中へと消えた。

もしかして怒らせてしまった……?

そんな不安がよぎったが、まずは悟志の件を片付けなくてはならない。「本当に藤島とはなんの関係もない」「ただの上司」という言葉を繰り返し、

「ごめん、どちらにしても悟志とはもう無理。いい加減に私を自由にしてほしい。最後は悟志らしく、カッコいいところを見せてよ」

そう頼むように説得すると、ようやく悟志はわかってくれたのか。皺だらけのスーツの背を小さく丸め、帰っていったのだ。

＊

もし課長に誤解されていたら、どうしよう……。

彩里は藤島を追いかけ、建物内へと急いだ。

オフィスへ戻ると、石油貿易課のほとんどの課員が出払っている。今なら小声で話せるだろう。

彼はデスクでパソコンを開き、キーボードを叩いていた。

「課長、よろしいですか？」

「ああ」

と返事はするものの、視線は画面にあるままだ。

「課長、先ほどはありがとうございました」

彩里は仕方なく先に口を開いたが。

「なにが、だ？」

「ですから……私を助けようと、お気遣いいただいて」

それでも目を合わせない。急ぎの仕事をしているようには見えないが、キーを打つ手を休めなかった。

しばらく待っていると、ようやく溜め息混じりに顔を上げる。

「別れてなかったのか……」

「え、あ……じゃ、なくて……」

説明しようとしたが、遮られた。

「申し訳なかった。彼に誤解をさせてしまったようだ」

妙に落ち着いた口調が怖い。

「違います。ずっと電話に出なかったら、それで訪ねてきたんです。ホントです。信じてください。私たちはもう……」

大きな声は出せないが、感情を込めて訴えた。が、藤島の耳に真実は届かなかったらしい。

「もしかして、あの男の……？」

「えっ？」

「いや、なんでもない」

つまり「あの男の子供なのか？」とでも言いたいのだろうか。

「まさか課長、私のこと、疑ってるんですか!?」

小さいけど力のある声で聞いた。疑われたことが、思いのほかショックだったからだ。

優しくて頼り甲斐のある彼を、本気で好きになりかけていた。こんな旦那様となら、温かな家庭が築けると、ちょっとだけ夢を見ていたのに。

……。

彩里はその場に立ち尽くした。悲しくて、絶望にも似た気持ちがやってくる。

藤島は感情もなく呟《つぶや》いた。

「心配するな、約束は守るから」

諦めたように責任は取ると言う。だけど心のうちで、なにかがぷちんと切れる音がした。

「もういいです。これまでのことは忘れてください。私はただ課長に信じてほしかっただけなんです……」

彩里は一礼したあと、静かに藤島課長のデスクから離れたのだ。

*

ほとんど遅れたことのない生理が来ない。インターネットで調べると、生理予定日から一週間以上が過ぎれば妊娠検査薬が使えるという。

彩里はその日、定時に会社を出たあと、意を決してドラッグストアに飛び込んだ。妊娠検査薬を購入する。

自宅に戻り、トイレにこもった。息を呑んで結果を待っていると——赤い線がくっきり二本。箱に書かれていた説明書を穴が開くほど読んだが、陽性であることに間違いはなかった。

どうしよう……。

狭いトイレの床にしゃがみ込んだ。

どうにか立ち上がり、部屋に戻ってスマホで調べてみると、妊娠検査薬が誤った結果を示すことはほとんどないが、子宮外妊娠だったり、他の病気だったりすることもあるようだ。いずれにしても早めに産婦人科を受診した方がいい。

数日かけて、どこの病院に行こうかと調べ歩いた。自宅マンションの近くに女医がやっている小さな医院を見つける。

翌朝彩里は体調が悪いからと有休を取った。仕事のことは気になるが、今はそれどころではなかった。

明るい雰囲気の待合室には、大きなお腹をした妊婦さんたち数人が、にこやかにおしゃべりをしながら順番を待っている。

置かれたマガジンラックには、ベビー用品のカタログや妊婦さん向けの雑誌ばかりが入っていた。ここに来る人はみんな、我が子の誕生を心待ちにしているらしい。

だけど彩里は違う。間違いであってほしいと願っていた。たとえ医師から妊娠を告げられても、産めるわけがないからだ。

本気で好きになりかけていた藤島は、彩里のことを愛してはいなかった。それどころか、自分の子供ではないと疑っている。

シングルマザーとなり、ひとりで育てていく覚悟も自信もなかった。山梨にいる両親へは、どう切り出せばいいのか。

多幸感あふれる産婦人科の待合室で、彩里はひとり、罪人のような気持ちになっていた。

だとすれば、方法はひとつで――。

「田中さーん」

名前が呼ばれる。立ち上がり、診察室へと入ったのだ。

初めて見た内診台におどおどしながら準備をして、そこへと上がる。診察を受けるとやはり妊娠していた。六週だそうだ。

モニターからは赤ちゃんの心音が聞こえ、懸命に生きようとする小さな命が映し出されている。

「おめでとうございます」

そう言った四十歳前後の女医は、未婚と書いた問診票の文字が目に留まったのか、すぐに顔を曇らせた。

「田中さんは、ご結婚されてないんですよね」

「あ、はい……」

「どう、されますか？　お産みになりますか？」

いきなりのストレートな問いかけに戸惑ってしまう。

「そう、ですね……すみません、たぶん……」

「中絶をご希望なのですね」

察した女医が先回りをする。

「でしたら……」

彼女は彩里を責めることなく、次回までに書いてきてほしい書類があると、説明を始めた。それはあまりにも事務的で、お腹にいる我が子が可哀そうになる。

「あの、やっぱり……」

「なんですか？」

「彼と一度、相談させてください……」

相談などする気はなかったが、とっさにそう言ってしまう。すぐにはこの重い決断ができなかったからだ。

すると女医は明るい笑顔を見せる。

「よかったわ。ぜひそうしてください。赤ちゃんはお母さんと会うために、お腹の中で頑張っていますから」

小さな命が写った超音波写真を渡された。

「ほら、可愛いでしょう？」

自宅に戻り、その白黒写真をしばらく眺めていた。どこが手や足になるのかはわからないが、とにかく愛おしくて堪《たま》らない。

六週で動くはずはなかったが、そっとお腹に手をあてると、心臓の鼓動が聞こえるような気がする。

やっぱり無理、中絶なんて……。

この子の命が守れるのは自分だけだ。父親が誰であっても関係ない。彩里が母親であることだけは紛れもない事実なのだから。

そう思うと、不思議と力が湧いてくる。なんでもできそうな気がした。

ありがたいことに、産休と育休が十分に取得できる丸菱物産という大企業に勤めていて、悟志との結婚を考え、節約して暮らしていたので貯金もそれなりにあった。

今はシングルマザーに対する国の手当も充実してきたという。保育園を見つけるのは大変らしいが、なんとかなるだろう。

父親がいなくて可哀そうだが、彩里がその分の愛情を注げばいい。

山梨の両親がもしわかってくれなければ、悲しいけど縁を切るしかなかった。この子のためには仕方ない。

シングルマザーとなり、立派に子供を育てている女性は世の中にたくさんいる。自分にはただ覚悟がなかっただけだ。

そうよ、産もう……。

決めたら、お腹の中にいる我が子に早く会いたくなってきた。どんな顔をしているのか、どんな声で笑うのか。きっと可愛いに違いない。大切に育てていきたかった。

「ごめんね、ダメなママで。でもこれからは頑張るからね」

彩里はふたたびお腹に手をあて、これまでくよくよと悩んでいた情けない自分を窘める。

生まれてくる我が子との未来を想像すると、少しだけ強い女性になれた気がした。

＊　＊　＊

意味深な言葉を発した田中彩里だが、あれからうんともすんとも言ってはこなかった。やはり妊娠はなかったようだ。

それはまあ、当たり前のことだろう。そもそもそんなすごい確率で子供ができるわけがない。

それでも万が一に備え、各方面への対処法まで練っていた藤島は、ホッと胸を撫で下ろした。

彩里からは脅迫めいたことをされたが、自分にも落ち度があった。真面目な性格の彼女を追い詰めてしまったのだろう。

今後はすべてを水に流し、部下のひとりとして接していこうと決めた。

そう考えていた藤島だが、急に大人しくなってしまった彩里のことが妙に気になって仕方ない。

おそらく元カレの一件で疑ったことを、引きずっているのだろう。藤島を避けるような態度を取り続けている。

本当はあんな現場を見せられ、嫉妬《しっと》していた。彼女があの男に腕を掴まれていたことに腹立ちを覚えたのだ。

だからあんな、心にもないことを……。

しかしぎくしゃくしたままでは、毎日の仕事にも支障が出る。どちらにしても妊娠はなかったのだから、そろそろ和解がしたかった。

彩里とはホテルのバーで意気投合し、よくも悪くも縁を感じていた。もう一度ゆっくり腹を割り、話すのもいいのかもしれない。

そこで藤島は彩里を食事に誘ったが——。

「すみません、忙しくて無理です」

冷たく断られてしまう。なにもまた、ホテルの部屋へ行こうというのではない。ただ食事をしようと言っているだけだ。なのに、どうしてこうも頑なに警戒されるのか。

るようだ。

藤島は溜め息をついた。彩里は自分のことを、いい加減な遊び人だとでも思ってい

＊

そこで延び延びになっていた藤島の歓迎会を、石油貿易課の忘年会と兼ねて開催してもらうことにした。

これならさすがの彩里も欠席するわけにはいかないだろう。

さっそく谷中を呼び、その秘策を提案した。すると彼は嬉しそうな顔をする。

「ありがとうございます、課長。十二月に入ると店がなかなか押さえられないので、大変いいアイデアだと思います」

すぐに手配するという。

「せっかくなので、できれば石油貿易課全員が出席できる日を選んでください」

「かしこまりました」

谷中は出欠が確認できるスケジュール調整アプリを使い、全員が参加できる日を決めた。

「飲み放題の鍋プランにしました。ときどき使う店なので、勝手もよくわかっていますし。お座敷ですがいいでしょうか？」

あっという間に計画が進み、その日がやってきた。

宴会部長と呼ばれる谷中が予約したのは、大人数が一堂に会することのできる個室がある品のいい日本料理店。

畳の上には長方形の座卓が三つ、一直線に並べられている。藤島が足を踏み入れると、谷中が待ってましたとばかりに一番奥の、いわゆるお誕生日席に案内した。

「ありがとう」

座布団の上で胡坐《あぐら》をかく。

しかし残念なことに彩里は、ここからは遠く離れた末席に座っていた。わざとなのだろうか。

いずれにしてもこれでは話せない。なんのための会なのかと溜め息が洩れたが、お酒が進めばみんな席を移動するだろう。そのときさりげなく隣へ行くことにした。

乾杯の音頭を取るために、藤島がビールの入ったグラスを持って立ち上がると、全員が同じような行動に出る。

短い挨拶のあと、「乾杯！」とグラスを上げたが、ひとりだけオレンジジュースの人がいた。田中彩里だ。ホテルのバーでは藤島以上に飲んでいたのに、なぜソフトドリンクなのか。

歓迎会出席への当てつけなのかとも思ったが、周りにいた部下たちとは楽しそうに談笑している。その屈託のない笑顔に嫉妬してしまうほどだ。

やがて鍋が出来上がり、谷中が女房のように世話を焼いた。

「課長、お取りしましょうか」

「いや、大丈夫。自分でやるよ」

そう遠慮したあとで、聞いてみる。

「田中さんだけど、こういう席ではいつもアルコールを飲まないの？」

「いや、そんなはずは……」

彼も彩里をちらりと確認した。

「変ですね……」

谷中の話によると、前課長の送別会では結構飲んでいたという。石油貿易課は酒好きが多いため、わざわざ飲み放題のプランにしたそうだ。

「きっとこのあと、彼氏と約束でもあるんですよ」

「彼氏……？」

すぐに元カレの顔が浮かんだ。なぜか胸が焦げる。彩里が誰と付き合おうと、もう自分とは関係ないではないか。

しかしそう思えば思うほど、離れた席で鍋をつつく彩里のことが気になってしまう。彼女は相変わらずオレンジジュースを飲み、弾《はじ》けた笑顔を見せていた。

どういうことだ……？

アルコールを口にしないことにも引っかかったが、なにより彩里が自分の前では作ったことのない、のびやかな表情を披露している。

すぐにそれらの理由を確かめたかったが、張り付いた谷中が離れてくれなかった。席を替えるタイミングを逃してしまう。

やがて鍋とアルコールが行き渡り、みんなが出来上がっていた。飲み放題の終了時間が迫っている。

本来ならば主賓である藤島はここの支払いをしなくてもいいが、下心があっての開催だ。彩里に余計な負担をかけたくなかったし、今後はみんなと仕事を円滑に進めていきたい。

自分が全員分の支払いを負担することにした。

席を立った藤島は、会計カウンターへと向かう。限度額がないブラックカードを手渡した。

支払いを終えて戻ろうとしたとき、女子トイレから出てきた彩里と行き会う。藤島は嬉しくなったが、彼女は怪訝《けげん》な顔。

「もしかして、課長が全員分の支払いを済ませたんですか？」

「まあ」

「どうしてそんな無駄遣いをするんです？　お金持ちですね」

感謝されるどころか、嫌みが飛んでくる。なんという言い草だろう。

「君が食事の誘いを断るから、全員に奢るハメになった」

「私のせいですか？」

「そういうわけじゃ……」

軽いジョークのつもりが、なぜか険悪な空気になる。

「そういえば……どうして今日は飲まないんだ？」

いい具合に話を変えられた。

「あの夜はウイスキーをストレートで、何杯もがぶ飲みしてたのに……」

するとつっけんどんな言葉が返ってくる。

「課長には関係ありません！」

「今日は俺の歓迎会だぞ」

「忘年会でもあります」

ああ言えば、こう言う。彼女はこんなにも反抗的な女性だったのかと、半ば呆れてしまう。だけど余計に、またプライベートで会いたくなった。

「だったら、今度……」

しかし誘おうとした藤島を彩里が振り切る。

「失礼します」

先に宴会場へと戻っていった。

お開きの時間になり、谷中がすでに藤島が支払いを済ませたことを全員に報告すると、拍手と歓声が沸き起こった。

「さすが課長！」

「ご馳走様です」

「嬉しいなぁ、石油貿易課でよかった」

けれど彩里だけは相変わらずの無表情。みんなはこんなに喜んでいるのに、なぜ彼女は嬉しくないのか。

「でしたら課長、二次会のカラオケは僕らに奢らせてくださいよ」

谷中が声をかけてくる。

「カラオケ……？」

「はい」

「行きましょうよ、課長」

カラオケはどうも苦手だ。下手な歌を大音量でキーキー聞かされると、頭痛がするからだ。

ニューヨークにいたときは、同僚たちとのこうした付き合いがなかったので楽だった。が、次こそは彩里とゆっくり話せるかもしれない。遅くなれば、五反田の自宅までタクシーで送ることもできるだろう。

若干の下心を抱きつつ、参加を表明したが、彩里たち女性陣はすでに帰ってしまったようだ。

なんだ……。

落胆したまま、カラオケに付き合うことに。

そしてひときわ疲れた藤島が自宅マンションに戻ったのは、日付を越えてからだった。

＊

あとひとつ、田中彩里に関して、どうしても不可解なことがあった。

背が低い彼女はそれを気にし、いつも高いヒールを履いていたが、近頃はなぜか踵のない、ペタンコのローファーに変わっている。

オフィスの一角にある、挽《ひ》き立《た》てのコーヒーが無料で飲めるコーナーをよく利用していたが、そこにも足を踏み入れなくなっていた。

なぜだ……？

酒やコーヒーを飲まず、踵の高い靴を履かないということは——まさか彼女は妊娠したのだろうか。

だけどもしそうなら、なんらかのアプローチをしてくるはずだ。結婚することを約束したとき、あんなに喜んでいたのだから。

やはり元カレの子供だったのか。なら彼女を疑ったとき、どうしてあんなに怒ったりしたのだろう。

いったいなんなんだ……？

気になりはしたが、下手にこちらから彩里を問いただしたくもない。藤島は首を傾《かし》げ、溜め息をつくしかなかった。

＊

そんなある日、石油貿易課でトラブルが発生する。

南米のとある国と石油採掘の技術を提供する代わりに、その権利をもらうという契約をようやく取り付けたのだが、寸前のところで白紙に戻したいとの連絡があった。

本来なら藤島が現地へ飛ぶべきところだが、他にも重要な案件を抱えている。そこでスペイン語が堪能な、信頼できる部下を代わりに向かわせていた。

とはいえ、さすがに藤島が指示を出さなくてはならない。時差があるため、深夜の時間帯にもメールや電話が入った。

今夜も明かりの落ちたオフィスで待機していると、南米からの電話が鳴った。どうやら事情がわかったらしい。

現地の部下の話によると、競合他社からさらによい条件が提示され、丸菱物産から寝返ろうとしたようだ。

フランスに本社を置くその企業と丸菱物産は、これまで何度もぶつかり合っていた。しかし今年に入って業績が低迷しているのか、なり振りかまわない契約条件で奪い取ろうとしてくる。

「企業評価と、細かな契約事項はこちらの方が勝っている。今資料をメールで送る。向こうを選べばリスクが高いことを説明してくれ」

『わかりました』

「あとは価格なんだが……」

藤島は独断であと二パーセント上乗せすることを決めた。

「これでなんとかなるだろう。必ず取ってくれ、頼んだぞ」

『やってみます』

その思い切った判断がよかったのか、やはり契約は丸菱物産と結んでくれることになった。

ふう……。

安堵《あんど》したオフィスから見える都会の景色が、すでに白み始めている。同時に眠気と疲労感がやってくる。

とはいえ、稟議書《りんぎしょ》を作らなくてはならない。さっそくパソコンに向かい、独自の判断で上乗せした二パーセント分についての見解をまとめた。

課員たちが出てきたら、交代していったん家に戻り、シャワーを浴びてからまた出社することにしよう。

藤島はキーボードを叩き、作成を急いだ。


稟議書が出来上がり、ひと息つくと、新鮮な空気が吸いたくなった。缶コーヒーを片手に、屋上への階段を上る。

外へ出てみると、なぜかそこにはあの田中彩里がいた。腕時計を見ると、まだ七時半を回ったところ。早朝にもかかわらず、なにをしているのだろう。近付くと、彼女はひとり佇《たたず》んで両手で顔を覆い、声をあげて泣いていた。

なぜ彩里はこんな時間から、泣いているのか。いったいなにがあったというのだろう。

「どうか、したのか？」

尋ねると、彼女はハッとしたように顔を上げる。

「なんでもありません」

慌てて涙を拭き、立ち去ろうとした。

「待てよ」

藤島は彩里の腕を掴んだ。

「ここは俺が教えた穴場だ。許可なく勝手に入ったんだから、泣いていた理由を話してくれ」

そう言って、手に持っていた缶コーヒーを差し出したが、彩里がそれを受け取ることはなかった。

「コーヒーも飲まないのか？　嫌いじゃなかっただろう」

「課長には関係のないことです」

「確かに関係ないことだが、酒も、ハイヒールも履かなくなった」

「どうしてそれを……？」

「なにを隠してる？」

「あ、だから……」

言いかけたが、彩里は寂しそうな顔をし、また口を噤《つぐ》んだ。

そんな彼女の様子に、胸のうちにあるもやもやがさらに膨らんだ。不可解な疑問が渦を巻く。藤島は知りたかった。

「まさか、妊娠したのか？」

ストレートに問うたのは、一秒でも早くＮＯという結論がほしかったからだ。しかし彼女はなにも答えず、うつむいたままだった。

「なんとか言えよ。違うなら違うって、否定してくれ」

微動だにしない彩里に、情けないほどの動揺が広がっていく。

するど今度は別の推測が頭をもたげた。たとえ妊娠していても、自分には話せない理由があるのではないかと。

「もしかして、元カレの子供なのか？」

「だから課長には、話したくなかったんです！」

彼女は即座に告げ、鋭い視線を返してくる。同時に意味不明な嫉妬心が湧き上がった。

「そうです、私、妊娠しています。お腹には赤ちゃんがいます。でも誰の子供でもありません。私だけの子です。だから課長に、責任を取ってほしいとは迫りません。どうぞご安心ください！」

「どういう意味だ？」

そう言いつつも、思わず息を呑んでしまう。やはり彼女は妊娠していたのだ。そしてなぜか、小さな命が芽生えたことに感動を覚えている。

とはいえ、責任を取れと迫られたわけではない。ふつうならこれでよかったと思うべきだろう。予定外の結婚をすることもないし、この若さで父親になることもなかった。

けれどどういうわけか、落胆している自分がいる。言い捨てた彼女は、悲しそうな目をしていた。

「つまり父親が、わからないのか?」

「そう思うなら、勝手に思ってください」

「いい加減、教えてくれ」

強い口調で責めるように尋ねると、彩里は大きく息を吐いた。

「父親がわからないはず、ないじゃないですか! 課長が私を疑うからです。だからひとりで産んで、育てていこうと決めたんです!」

彼女はそうはっきり告げたあと、逃げるように視線を下方に落とす。また涙を流し始めた。

「それは……」

父親は藤島で間違いないらしい。すぐに伝えなかったのは、自分に不信感を抱いていたからだ。

「だけど、両親にはなんて話そうか、来月はマンションの部屋の更新月で、お金が心配になったり……」

「……」

「元気に生まれてきてくれるのかとか、もし将来私になにかあれば、この子がひとりになるんじゃないかとか……いろいろ考えていたら、不安になって、自然に涙がこぼれてきたんです」

話し終わった彩里は藤島を振り切るように、屋上から立ち去ろうとする。

「待ってくれ」

即座にその先へと回り込んだ。どうしようもない衝動に駆られ、彼女の肩に手を置き、顔を覗き込んだ。

「ごめん、俺が悪かった」

「え……」

「君を疑っていたわけじゃない。許してほしい」

呆然とする彩里に、

「結婚しよう」

藤島はプロポーズをしていた。

「で、でも……」

このシチュエーションは想定外だったのか、彩里は目に戸惑いの色を浮かべる。

「責任を取ると言ったよな」

「だけど、仕方なく結婚してもらいたくはありません」

「仕方なくじゃない」

「えっ……？」

藤島は彩里を見つめた。

「ずっと君のこと、気になってた。誰となにを話しているのか、今なにを思っているのか。姿が見えないと心配したり、守りたいとも」

「……」

「これって、君を好きになり始めたってことだろ？　これからもっと努力する。だから仕方なくじゃない。俺が結婚したいんだ」

すると彩里は大きな目を見張り、固まった。

「本当、に……？」

藤島がしっかり頷くと、今度はその大きな目からぽろぽろと涙を流し始めた。彩里の顔を覗き込んだ。

「なんで泣くんだ?」

「ホッとして」

「そうか」

「嬉しいのかも」

「じゃあ」

「はい。よろしくお願いします」

神妙な顔でぺこりと頭を下げた彼女は、プロポーズを受け入れる。

「ありがとう」

藤島はそんな彩里を包むように抱き締めた。彼女が可愛くて、誰よりも愛おしく思えてしまう。

結婚とは人生においての最大の決断だ。にもかかわらず、まさか自分がこんなにも簡単に決めてしまうとは、考えてもみなかった。

きっとなにか、目には見えないものに突き動かされたのだ。藤島はその正体を突き止めることなく、彩里との結婚生活を始めようとしていた。

第四章　新婚生活、始めました！

人生はおもちゃ箱のようだ。そこにどんな幸運が隠れているかは、開けてみるまでわからない。明日の自分がどうなるのかも――。

なぜか急展開、彩里は藤島と結婚することになった。

シングルマザーとなり、ひとりで産み育てる覚悟をしていたが、クールな彼から、思ってもみないプロポーズを受けたのだ。断れるわけがなかった。瞬時にオチてしまう。

きっとそれだけ藤島のことが、好きになっていたのだろう。

山梨にいる両親へは妊娠していることはまだ内緒にし、ただ丸菱物産の課長である藤島と結婚するつもりだと伝えた。

一度二人で挨拶しに行くことにはなるが、見た目と経歴だけはパーフェクトな彼。きっと喜んでくれるはずだ。

とりあえず彩里の部屋の更新時期が近付いているため、まだ会社には結婚を報告しないまま、取り急ぎ藤島の部屋へ引っ越すことになった。

＊

　十二月に入ると、寂しかった東京の琥珀色《こはくいろ》の秋が、一気にクリスマス色に染まっていく。ロマンチックなイルミネーションに、聞こえてくるジングルベル。カップルたちが集い、人通りが増えた街はいっそう賑やかになっていた。

　そんな十二月の最初の日曜日。下見を兼ねて、彩里は初めて藤島のマンションへと向かう。

　彼が住んでいたのは、なんと丸菱物産本社ビルがある丸の内からたったの二駅のところ。しかも最寄り駅からは徒歩三分で、通勤には二十分もかからない最高の立地だ。駅まで迎えに来てくれた藤島に案内され、そのありがたいマンションを訪れた彩里はふたたび目を見開いた。

　素晴らしいのはその利便性だけでない。想像をはるかに超えた超高級低層物件だったからだ。

　重厚な木製の玄関扉を入ると、広々としたフロントロビーは吹き抜けだった。お洒落な石造りの壁には間接照明、床はシックな色の絨毯が敷き詰められている。

大きな花瓶にアレンジメントされている花々はもちろん本物で、どこまでも高級感が漂っている。中央には真っ赤なイタリアブランドのソファー。その奥にはコンシェルジュのカウンターがあって、制服を着たきれいな女性の横には、警備員らしき人が立っている。まるでホテルのロビーのようだ。

「お帰りなさいませ、藤島様」

にこやかに声をかけてくるコンシェルジュの横を軽く会釈をして通り過ぎ、エレベーターホールへと進んだ。

エレベーターは地下駐車場に直結していて、プライバシーが守られることから、有名芸能人も安心して住めると人気が高いらしい。

ワンフロアに二軒しかないというこのマンションのセキュリティーは万全で、コンシェルジュと警備員が帰ったあとはオートロックになる。

エレベーターもカードキーがなければ動かないそうで、二人で中に乗り込んだあと、藤島がジャケットの内ポケットからそれを取り出した。最上階である五階を押すとドアが閉まった。

すごっ……。

到着すると、本当にドアは二つだけ。外から見た建物の大きさから推測すると、専有面積はかなり広そうだ。

「ここ、五〇一号室だ」

藤島がドアに同じカードキーを差し込むと、カチャリと鍵の開く音がした。

中に入るとこれまたびっくり。ゆったりとした大理石の玄関ホールにはシューズクロークが備え付けられ、正面の壁にはセンスのいいモダンアートの絵がかけられている。

「どうぞ」

彼に続き、左奥へと廊下を進むと、三十帖以上は軽くあるだろうか、高い天井のリビングダイニングがあった。

バルコニーがある全開口する大きな窓からは、明るい陽射しが差し込んでいる。大型テレビにお洒落なキャビネット、ガラスのローテーブルにL字型の黒革のソファーがセンスよく置かれていた。

ダイニングスペースにはなぜか、六人掛けのテーブルが。いずれにしてもここは、雑誌などで紹介されているモデルルームのようだ。

なにより心が動かされたのはシンクまでもが真っ白な、最新設備を揃えた白を基調としたシステムキッチン。三段に別れた大型の冷蔵庫が嬉しい。

シンクにはディスポーザーが設置されている。排水口に生ゴミを入れ、スイッチを押すとそのまま処理ができるらしい。

「すごいですねぇ」

さすがに芸能人が住む人気の高級マンションだ。こんな素敵なキッチンに立ち、料理ができると思うとワクワクしてくる。

「こっちも見ていいですか？」

「ああ」

引き出しと食器棚を開けると、食器や鍋がひと通り揃っている。

「課長はよくお料理をされるんですか？」

「いや、作れないし、ほとんど外食だから」

それはもったいないだろう。確かに冷蔵庫を開けると、ミネラルウォーターとビールしかなかった。調味料類はないに等しい。

「じゃあこれから、夕食は私が作りますね！」

栄養満点の手料理を食べてもらいたくて、彩里は張り切って提案したのだが——。

「俺のことは気にしないでいいから」

「ですが」

「何時に帰れるかわからないし、急な仕事が入ることもある。待たれていると思うと却って気を使う」

「……」

「外で適当に済ませてくるから、君は君のペースで好きにやればいい」

いきなり寂しいことを告げられたが、きっとこれも彼の親切心だろう。

「だったらせめて、朝食を……」

「朝はコーヒーだけだ」

二人で始める甘い新婚生活を思い描いていたのに、藤島とはその考え方にズレがあるようだ。マイペースなニューヨークスタイルのひとり暮らしが、板についているのだろうか。

だけど間もなく結婚して夫婦になる。今後はできるだけ話し合い、互いに歩み寄っていきたいと彩里は思った。

それにしても……。

想像をはるかに超えたこの高級物件の間取りは三ＬＤＫ。ホテルのように豪華なバスルームにはジェットバスが付いていて、ゆったりとしたパウダースペースの隣には、洗濯機と乾燥機を備えたランドリールームまであった。

最新の温水洗浄便座が完備されたトイレは狭さを感じることがなく、間接照明に包まれ快適だ。

これほど贅沢《ぜいたく》な空間で子供の誕生を待ちながら、藤島と暮らせるのは夢のようだけど。質素な暮らしが沁《し》みついていた彩里は、途端にここの家賃が心配になった。

丸菱物産の課長クラスになると、みんなこんなリッチな生活ができるのか。

いやいや、そんなはずはない。繊維部門のときにお世話になった課長は、家のローンと子供の教育費で首が回らないと話していた。

もし家賃を折半しようと言われたら……?

「あの、課長」

「ん?」

「ずばり、ここのお家賃はおいくらですか?」

彩里は思い切って聞いた。結婚するのだから、こういうことは早めに確認しておきたい。

しかし藤島はおかしなことを言う。

「家賃はいらない。管理費だけだ」

「管理費だけ？」

「そうだ」

「と、いうことは……まさかここ、持ち家なんですか……!?」

一瞬喜んでしまったが、これほどの高級マンションだ。ふつうはとてもキャッシュでは買えない。

「不躾《ぶしつけ》ですが、ローンはあとどのくらい残っているのですか？」

「ローンはないよ」

「えっ？」

「このマンション一棟全部、祖父から相続してもらったから」

「マンション一棟ですか!?」

彩里の目は点になった。彼の話によると管理費を支払っても、他からの家賃収入がそれを上回り、大幅な黒字になるらしい。

藤島はただのカッコいいサラリーマンではなく、高級物件のイケメンオーナーでもあった。

思い起こせばバーで出会ったときも、高いシャンパンを開けてくれ、高級ホテルに滞在していると言っていた。趣味はヨットにテニス、ゴルフだそうで。

オフィスには常にイルマーニのスーツで現れていたし、左腕には毎日異なる超高級ブランドの時計が輝いている。

歓迎会兼忘年会では、石油貿易課全員分の会費、十万円以上の支払いを気前よく行っていた。

って、嘘……。

自分はものすごい玉の輿に乗ってしまったようだ。お金がすべてではなかったが、どうせ結婚するなら、ないよりある方がいいに決まっている。

生まれてくる子供にもなに不自由ない暮らしがさせられるし、教育費に困ることもない。将来への選択肢がぐんと広がるだろう。

それより、例の専務秘書が課長の正体を知ったら驚くだろうな……。

と、彼女の引きつった顔を想像すると、なぜかおかしくなった。

だけど藤島は彩里のそんな含み笑いを、金持ちの夫を捕まえ、喜んでいると勘違いしたのか、

「そんなに嬉しいか？　俺がマンションのオーナーで」

真顔で聞いてくる。

「もちろんですよ。宝くじで一等賞を引き当てた気分です」

「宝くじの一等賞？」

「バーで会ったときから、課長がお金持ちじゃないかなと思っていました。でもまさか、マンション一棟だなんて。夢を見ているみたいです」

大げさに表現し過ぎたのか、彼は明らかに表情を曇らせた。

「じゃあ、もし俺が平凡なサラリーマンだったら？」

「えっ？」

「結婚を望んだのか？」

彩里は戸惑ってしまう。

「あの、それはどういう……」

率直な気持ちを伝える前に、藤島は会話を終わらせた。

「とりあえずここには、家具や電気製品がひと通り揃っている。引っ越しは身の回りの物だけでいいだろう。君に使ってもらう部屋だが……」

残りの部屋を案内してくれるらしい。

リビングを出て、廊下を歩いた。玄関を通り過ぎるとその奥に三つのドアがあった。

初めに二人の寝室を見せてくれると思ったが――。

彼が開けたドアは、明らかに空き部屋。広さは六帖ほどで、クローゼットが付いている。窓には水色の無地のカーテンがかかっており、エアコンが取り付けられていた。将来の子供部屋によさそうだ。

「日当たりがよくて、いいお部屋ですね」

しかしそう喜ぶ彩里に、藤島がクールに告げた。

「ここに入れる君のベッドだが、今使っている物を持ってきてもいいし。引っ越しが大がかりになるなら、新しく購入してもいい。そのときは知り合いの家具屋を紹介する」

「っ……？」

「カーテンも好みのものに替えたければ、いっしょにオーダーができる。どうする？」

いきなりどうすると聞かれても、意味がわからなかった。きょとんとする彩里に藤島が追い打ちをかける。

「君がここで寝泊まりするんだ。遠慮なく希望を話してくれ」

「え……」

つまりいっしょには暮らすけど、夫婦の寝室は別々。彼は彩里にそう言ったのだろうか――。

そのあと残りの部屋を見せてもらい、やはり予想は的中していた。

一番奥の彼が寝室として使っている場所には、大きなオープンクローゼットにお洒落な照明スタンドやサイドテーブル、そしてキングサイズのベッドがどーんと置かれている。

もうひとつは真向かいの書斎。壁一面の造り付けの棚には、本の背表紙がぎっしりと並んでいた。ゆったりと座れる肘掛《ひじか》け椅子に、パソコンのある木製デスクには書類が積み上げられている。藤島は家でも仕事をしていたようだ。

覚悟して両方の部屋へ入ったつもりが、実際に目で確認するとやはりショックは大きい。気持ちが萎《しぼ》んだ。

彼は彩里に、妻としての役割を求めてはいなかった。お腹にいる我が子のための母親が必要なだけだったのだ。だから結婚しようとプロポーズしたのだろう。

屋上でぎゅっと抱き締められ、少なからず愛情を感じたが、すべては自分の錯覚だったようだ。

考えてみたらあれ以来、藤島は手すら繋《つな》ごうとはしなかった。デートに誘われたこともなかった。

ドタバタと決まった結婚だから、仕方がないと彩里は思っていたが、もしかしたらこれは意図的だったのかもしれない。

とはいえ、彼を問い詰める勇気はなかった。女としての最低限のプライドは保ちたかったし、もし別に好きな人がいると打ち明けられたら立ち直れなくなる。

大丈夫、このままで……。

シングルマザーを覚悟していたときと比べたら、今は格段に幸せだ。少なくとも心を寄せる人といっしょに暮らせるのだから。

頼れる旦那様のおかげで、経済的な心配はなくなった。将来的には共働きをしなくても子供を育てていける。

なによりここまでして、我が子のために結婚するのだ。子煩悩なパパになるだろう。

そうよ。これ以上を望んだら……。

たとえ一切の夫婦関係が持てなかったとしても、生まれてくる子が幸せならそれでいい。彩里はただ前だけを見つめていこうと決めた。

「課長、部屋に置くベッドですが」

「ん？　あ、ああ」

「今使っているのを持ってきます」

わざとあっけらかんと告げ、笑顔を作る。どんな状況下にあっても、お腹の中の命を守っていかなくてはならない。

「そうか」

そんな彩里の覚悟が見えたのか、藤島は無表情で頷いた。

＊

年末の慌ただしい日曜に、彩里は長年住み慣れた部屋から藤島の豪華マンションへと引っ越した。

学生時代から使っているベッド以外の家具や電化製品は、引っ越し業者に処分を頼み、段ボール箱に入れられた服や靴、バッグなど、身の回りのものだけを運び込んだ。

いよいよ互いのプライベート空間と寝室を別にした、結婚という名の同居生活がスタートする。

彼が婚姻届は出さないで、会社にも内緒にしたいと言ったのは、彩里がまだ安定期に入ってないからだろう。万が一流産することがあれば、結婚を取りやめるに違いなかった。

教会で式を挙げるどころか、本物の夫婦にさえなれないなんて。初めはショックだったけど、そんな藤島の気持ちもわからなくはなかった。

初めて会った女と一夜を過ごし、たったの一回で妊娠。それが部下だったせいで、結婚を迫られた。ある意味彼も被害者だ。

こんな結婚、どこか虚しい気もするが、気持ちを整理し、シェアハウスに入居したと思えばいい。割り切って暮らしていくしかなかった。すべては生まれてくる子供のためだ。

午前のうちに荷物を運び終えた引っ越し業者が退散すると、彩里は与えられた部屋で段ボールを片付け始めた。

いつでも出ていけるように、私物はできるだけこの部屋に集めておくことにした。しばらくは物を増やさないようにしよう。

そんなことを考えながら、手を動かしていると、藤島がやってくる。今日の彼はジーンズに白のVネックセーターを合わせていた。オフィスでのビジネススーツ姿も素敵だが、さわやかなカジュアルスタイルもよく似合っている。

不覚にもドキリとしてしまう。

そんな藤島はドアにカッコよく寄りかかり、親切にも聞いてきた。

「なにか手伝うことはない?」

「あ、はい。ありがとうございます。でもひとりで大丈夫です。すぐに片付きますので」

「じゃあ、重い物を運ぶときは声をかけて。書斎にいるから」

真向かいの書斎にあっさり引きこもってしまう。

なんだ……。


部屋の片付けを終えた彩里が、玄関にあるシューズクロークに靴を並べていると、チャイムが鳴った。

「はい」

どうやら書斎にもインターホンがあるらしく、返事をした藤島が玄関へとやってくる。

「なんですか?」

彼は答えずにドアを開けた。

ピザ……?

宅配ピサが届いたらしい。片付けに夢中で、昼食のことを忘れていた。藤島がピザを頼んでくれたようだ。

受け取った彼はすぐ傍で作業する彩里に声をかける。

「そろそろお昼にしないか？」

「あ、はい」

パウダールームで手を洗い、リビングダイニングへと向かった。

ダイニングテーブルにはすでに、Lサイズのピザが広げられている。お皿とガラスのコップも二人分用意されていた。

藤島は何本か並ぶ缶に入った飲み物を指さし、

「歓迎会ではオレンジジュースだったから。オレンジジュースとそれに他にも、ネットで調べた飲めそうなものをいっしょに注文した。なににする？」

彩里に聞いた。

歓迎会ではアルコールに手が出せず、オレンジジュースを飲んでいたことを覚えていてくれたようだ。しかも妊婦が口にできる飲み物まで調べてくれたなんて、意外と優しい。

「オレンジジュースでお願いします……」

少し甘えて待っていると、

「氷は？」

聞いたときにはすでに冷蔵庫の前。

「入れてください」

すると藤島はコンビニなどで売られている大きな氷を袋から取り出し、彩里と自身のグラスに入れた。オレンジジュースの缶を開け、注いでくれる。

「ありがとうございます」

こんなふうに男性から世話を焼かれたのは初めてだ。長い間付き合っていた悟志はひとりっ子で、彩里を気遣うことをあまりしなかった。

藤島には兄弟がいるのだろうか。それともニューヨーク仕込みのマナーなのか。

いずれにしてもありがたいなと、ちょっとうっとり眺めていると、

「ん……？」

ハンサムな視線が飛んでくる。心臓の鼓動がドキドキと高鳴り出した。

だけど彩里はハッとする。絶対に忘れてはいけないことがあった。藤島のこの優しさは、生まれてくる我が子へのものだということだ。

勘違いしてはいけない――。

「いただきます」

彩里はお腹の中にいる赤ちゃんのため、ピザへ手を伸ばした。

食べ終わると、藤島から厚みのある封筒が手渡された。

「なんですか？」

「当面の生活費」

中を確認すると、三十万円も入っている。

「いただけませんよ、こんなにたくさん。家賃や光熱費も払わずに、住まわせてもらえるんですから」

本当にそれがリアルな感覚だ。彩里は差し返した。

彼は家でも食事をしないわけだし。せめて洗剤やトイレットペーパーなどの日用品代くらいは、自分が出そうと考えていた。

「君は案外、きちんとしてるね」

つまり今まで、ルーズだと思われていたのか。

「しかし今後は食費だけでなく、出産に必要な物を揃えたり、いろいろとかかるはずだ」

なるほど……。

「もし足りなかったら、遠慮せずに言ってほしい」

「わかりました。ではいったんお預かりします」

テーブルの上を行き来した封筒を納めることにした。

「なにに使ったかはレシートや領収書を添付して、リスト化しておきますので、ご安心ください」

するとと藤島はこれまで彩里には見せたことのない、くしゃりとした極上の笑顔を作る。

「なんですか？」

「いや、だから……ここは会社じゃないから、そこまでしなくてもいいから」

この笑い方、かなり好きかも……。

最初は中途半端な期待を持たせた藤島が恨めしかったが、案外面倒見がよくて、十分な生活費まで渡してもらえるなんて。実はちょっといい人かもしれない。

もう十分だ。これ以上はなにも望むまいと彩里は心に誓った。

藤島の説明によると、このマンションはコンシェルジュに電話をするだけで、ハウスクリーニングやベビーシッター、買い物の代行、ランドリーのサービスなどが受けられるという。

支払いは管理費とともに引き落とされるから、最大限に利用していいと言われたが、さすがに甘えるわけにはいかない。

「大丈夫です。そのくらいは私にやらせてください」

今後は主婦である自分がいる。無駄遣いはしたくなかったし、留守中に知らない人に家へと入られるのも苦手だ。

なにより彼とは、イーブンの関係を保ちたかった。彩里は家事全般を引き受けることにした。

話が終わると、藤島は自らテーブルを片付けようとする。

「私がやりますよ」

手を出そうとすると、彼が制した。

「食器洗浄機に入れるから大丈夫だ。それより君は片付けの続きをしたら？」

「食器洗浄機、ですか？」

彩里はこれまで、食器洗浄機という文明の利器を使ったことがない。

「だったら食器洗浄機の使い方、ついでに教わってもいいですか？」

藤島は皿とコップをキッチンに運び、十人分の食器が一度に洗える海外製のそのドアを手前に引いた。

「ここにこうして並べて」

中には彼が朝にコーヒーを飲んだというマグカップがひとつだけ入っている。それに加えてお皿を二枚、コップを二つ洗うだけなのに、わざわざ食器洗浄機を使う必要があるだろうか。

水道代は節約できるが、その分の電気代がかかるという。しかもまだたくさん入るのに、これで洗浄を始めたらもったいない気がした。

「課長がいつもおっしゃっている、コストパフォーマンスが悪過ぎます。今後はまとめて夕食後にするか、少ないときは手で洗うことにしませんか？」

藤島はすぐに同意した。

「すみません。越してきたばかりで生意気言って」

「いや、キッチンは君の管轄だ。任せるよ。じゃあとりあえず、使い方だけ……」

藤島から説明を聞きながら、食器洗浄機の庫内をともに覗き込んでいると、互いの顔が近付いた。

「すみま、せん……」

合わせた視線に緊張が走る。彩里はすぐに飛《と》び退《の》いた。これでは彼を意識しているみたいだ。

「あ、えっと……もしかしてここに、洗剤を入れるんですか？」

そんな焦りを隠すために慌てて聞くと、

「そう、だな……しかし洗剤は、なんでもいいわけではない。食器洗浄専用の洗剤があるから、それを購入して……」

答えた藤島もぎこちない。

やはり彩里との距離を縮めないよう、彼は彼で気を使っているようだ。もしかしたらこれが藤島の優しさと配慮ではないかと思った。

結局食器洗浄機は夕食後にまとめて使うことになり――キッチンをさっと片付けた彩里は、引っ越し作業の続きに戻った。

藤島は朝夕の食事を家でしないという。

彼はその理由を自分のペースに合わせた生活がしたいからだと説明したが、これほどたくさんの生活費を渡されたのだ。

明日からはシェアハウスに集う他人同士の暮らしが始まるとしても、せめて今夜くらいは手料理を振る舞いたい。

引っ越しの片付けを終えた彩里は、食材調達のためにスーパーマーケットへ行くことにした。空っぽの冷蔵庫もいっぱいにしておきたいし、料理する際に不可欠な調味料も揃えたかった。

布バッグに財布とスマホ、ショッピングバッグを入れ、藤島がいる書斎のドアを小さくノックする。仕事の邪魔にならないよう、外から声をかけた。

「あの課長、お仕事中にすみません。私、ちょっと近くのスーパーへ行ってきます」

知らせたあとは玄関へと進んだ。片付けたばかりのスニーカーをシューズクロークから取り出し、履いて出発しようとしていると——ジーンズ姿の藤島がやってきた。

「平日の明日からはコンシェルジュに買い物リストを渡しておけば、サービスが受けられる。夜は寿司でも取ろうと思っていたが」

「妊娠中は、生の魚介類を避けた方がいいみたいです」

「そうなのか、俺ももっと勉強しないとな」

「それに自分で選んで買い揃えたい食材もあるので、やっぱり行ってきます」

彩里が告げると、

「だったら、いっしょに行こう。車を出すよ」

彼は車のキーを取りに、書斎へ戻ろうとした。

「そんな、車だなんて。今日のうちに、この辺りの地理を把握しておきたいので、お散歩がてらひとりで行ってきます」

ここから一番近いスーパーマーケットの場所は、スマホで検索済み。十分ほど歩けばあるらしい。

だから彩里は遠慮したのだが、

「だったらいっしょに歩いていこう」

藤島がスーパーマーケットまで付き合ってくれるという。

＊

こうして二人で並んで歩いていると、不思議な気持ちになる。他人が見たらどう思うだろうか。

長身の彼を斜め下から眺めても、やっぱり完璧なイメケン。思わず嬉しくなってしまう。

「そういえば課長は、東京のご出身でしたよね」

「ああ」

「ご兄弟はいらっしゃるんですか？」

このくらいの基本情報、尋ねてもいいはずだ。

「いるよ。弟がひとり」

「じゃあ、お兄ちゃんなんですね」

確かに長男って感じがする。

「いくつ違いですか？」

「三歳」

「じゃあ、私と同い年ですね」

藤島には弟がいて、自分と同い年であることが判明した。

そしてふつうはこうした質問のあとは、「君の出身地は？」「兄弟は？」などと聞いてくるのが自然。だが彼は彩里の人事データすべてが頭に入っているのか、それとも興味がないのか、会話はそこで途切れてしまう。

男性である藤島の歩幅は大きい。次の質問をしながら、後ろから追いかけるように車道側を歩いていると、

「危ない！　前を見ろ！」

びっくりするような声とともに、彼は彩里を庇《かば》うように前方からやってきたワゴン車に向かって両腕を広げた。

「すみません……」

少し大げさではないかと思うも、藤島は至って真面目顔。そのあとはさりげなく車道側を歩く。

もしかして私たちを守ってくれているの……？

気持ちがほんわかした。

左に道を折れ曲がり、その位置が逆になっても、彼はまた車道側へと入れ替わる。

海外生活が長い藤島は、ジェントルマン的な姿勢が身に付いているのだろうか。どんな女性に対しても同じような行動を取るのか。

だとしたら、ちょっと嫌だな……。

やがて都内にいくつか店舗を構える、大手のスーパーマーケットが見えてくる。

ここなら品数が豊富で、ちょっとした日用品や文房具も揃うだろう。近くにあることがわかり、よかった。

彩里はさっそくオレンジのカゴを手にし、混雑する店内を進む。入り口付近に並んでいた野菜から選び始めた。

するとしばらく見えなかった藤島が得意げにカートを押して、後ろから近付いてくる。

「カート、やっと見つけたよ。ここにカゴを載せたら？」

もしかして彼はカートを探していたのだろうか。日曜日で家族連れが多い店内、確かにそれは不足しているのかもしれない。

これまでは自分ひとりの買い物で、あまり使うことはなかったが、今日はあるとありがたい。

「すみません、助かります」

「いや」

また照れてくしゃりと笑う。なんて可愛い笑顔だろう。

藤島にカートを押してもらい、彩里が食料品やら調味料をカゴに入れていく。まるで本物の夫婦みたいだ。

「今日はこうしてお買い物に付き合ってもらったので、お礼をしてもいいですか？」

「お礼？」

「お口に合うかどうかはわかりませんが、夕食を作らせてください」

「引っ越しで疲れているだろうから、無理をしなくてもいい」

「お寿司でなくていいなら、ぜひ」

やや強引に迫ると藤島は首を縦に振った。

「課長はなにがお好きですか？　お肉？　お魚？」

「だったら肉、かな？」

肉料理ならビーフシチューに自信はあるが、煮込むのに時間がかかる。今夜は引っ越し祝いも兼ねて奮発し、ステーキに決めた。付け合わせはブロッコリーにニンジン、バターコーンにマッシュポテト、サラダの具材も選んだ。

そして少し藤島から目を離していると、彼はウインナーを試食販売する中年販売女性に捕まっていた。

「あら、奥さんといっしょだったのね。素敵な旦那様よね～。優しそうだし、テレビで見たことないけど、もしかしたら俳優さん？」

藤島のオーラにあてられたのか、彩里にそう聞いてくる。

「いえいえ、ふつうのサラリーマンです」

「奥さん」と呼ばれたこと、彼を俳優だと思ってくれたことが嬉しい。にこにこしてそのまま通り過ぎようとしたら、

「待って！　これ、食べてって」

二本の爪楊枝《つまようじ》に刺したウインナーを手渡された。

「旦那様にも食べさせてあげてよぉ」

「えっ？」

「こんなハンサムな人が家にいたら、楽しいでしょうね。奥さん、頑張って尽くさなきゃ」

「はあ……」

たじたじして受け取った両手に持つウインナー。なぜかカートを押す藤島があーんと口を開けて待っている。

「食べますか？」

コクコクと頷く彼の前にそれを差し出すと、パクリと口に入れた。そのとき柔らかな唇が彩里の指先にほんの少し触れ、ビビッと全身に電流が駆け抜ける。頬が熱くなった。

こういう庶民的なことを嫌がる人だと思っていたが、案外そうではないらしい。

「上手い」

しかも口をモグモグさせ、そんな感想まで述べている。

「でしょう？　ご主人、買ってって。奥さんに焼いてもらいなさいよ」

女性は藤島にターゲットを絞り、ガンガン売り込んだ。彩里も「奥さん」というキーワードを連発され、結局冷凍もできるというそのウインナーを二袋、カートのカゴに入れることになる。

「ありがとね。また来てね」

会釈までする藤島。案外律儀かもしれない。

クールなサイボーグ人間だと推察していたが、こんな気取らない一面があったとは――。


必要なものだけを選んだつもりだが、結果的にはカゴ山盛り二杯分。持ってきたショッピングバッグには入り切らず、レジ袋の大を四枚も追加購入した。

レジでの支払いは生活費を預かっている彩里が行おうとしたが、

「ここはいいよ」

藤島が見たこともない真っ黒なカードを取り出した。

もしかしてこれは、限度額がないブラックカード……？

驚く彩里を尻目に、彼は支払いを済ませてしまう。

藤島はもちろんレジ前にある梱包台まで、二つのカゴを運んだ。ポンポンと適当にレジ袋へと入れていく。

「課長、申し訳ないですが、できたら重い物を下に。冷蔵庫に片付けやすいよう、冷蔵品とそうでない物を分けてもらえますか？」

「なるほど。そういえばいつも車で行くスーパーでも、店の人が紙袋にそんな感じで詰めてたなぁ……」

とても素直だ。

店の人が紙袋に詰めるというと、高級スーパーが連想されるが、リッチな彼はいつもそんなところを利用しているらしい。

「じゃあ、帰ろうか」

結局袋は全部で五つ。せめて二つは持たねばと、比較的軽そうなものに手を伸ばそうとしたが。

「いいから、俺が持つ」

藤島はすべての袋を奪い取った。

「でもひとりじゃ、重くないですか？」

「それより、こんなに買うのに、よくひとりで来ると言ったね。自分だけの身体じゃないんだから、もっと大切にしろよ」

最後は叱《しか》られてしまうが、やはり彼はカッコよかった。

藤島が大量の食材をひとりで抱え、スーパーマーケットから歩き出した。彩里はその頼もしい背中を見ながら、ちょこちょことついていく。

来るときは早足だったが、帰りは彩里の歩調に合わせようとしているのか、ややスローダウンしている。それでも車道側に出ると、また彼は必ず入れ替わった。

「あの、課長」

「ん?」

「バルコニーになにも置かれてないですが、なにかそういった方針でもおありなんでしょうか?」

リビングから出ることができる広いバルコニーにはなにもなく、殺風景さを感じた。できれば花やハーブなどを並べ、癒やしの空間を作りたいところだが、物を置きたくないだとか、汚したくないとか、なにか考えがあるのかもしれない。

「いや別に、とくになにもないが」

「じゃあ……」

プランターで花を育ててもいいかと尋ねた。

「君の好きにすればいい」

「ありがとうございます。これからの季節だと、パンジーとかビオラがきれいなんですよね……」

などと話していたら、

「ちょっと寄り道をするか」

藤島は重い五つの袋を運びながら、いきなりマンションとは反対方向へ歩き出した。

「ど、どこへ行くんですか？」

三階建てのガーデンショップへと彩里を案内する。

「好きな花を選べ。この店ならマンションまで配達してくれる」

言うと彼は「すみません」と店員を呼んだ。

「パンジーやビオラの鉢植えはどこにありますか？」

二階だと聞き、重い荷物を持ちながら、いっしょに上がってくれる。

本物の夫婦にはなれないはずだが、やはり藤島は優しくて素敵な男性かもしれない。

寝室を別にするのは、彩里以外に思いを寄せる女性がいるのだろう。きっとなにかの事情でその人とは結婚できないから、自分の子供を産もうとしていた彩里との暮らしを選んだのだ。

きれいな花を眺めて手に取りながら、そんな悲しいストーリーにたどり着き、少しブルーになってしまう。

ガーデンショップで購入した花の鉢植えは、二時間後にお店の人が届けてくれるという。

買い物をすべて終えた藤島と彩里は、マンションへと戻ってきた。手が空かない藤島に代わり、彩里が重厚な木製の玄関扉を押し開ける。日曜の今日はコンシェルジュがいなかった。

「悪い、ジーンズの後ろから、財布を取ってくれ。カードキーが入っている」

「えっ?」

部屋へと戻るには、カードキーが必要だ。確かに彼の後ろポケットには、黒革の財布が見えている。とはいえ、それを取るにはジーンズの上から、彼の筋肉質なお尻に触れてしまいそうで。

しかし藤島に促され、彩里は恐る恐る財布を抜き取った。

「カードキーを出して」

「あ、はい」

人の財布を見ることに躊躇《ちゅうちょ》しながらも、二つ折りのそれを開いた。見つけたカードキーを取り出す。

「これですよね」

「そうだ」

フロントロビーの前に設置されている、キーボードと呼び出しボタンの横にある差し込み口に挿入すると、左右のガラス扉が自動で開いた。

「そういえば、鍵を渡してなかったね」

エレベーターに乗ったあと藤島が言う。

「じゃあ、いいよ。それ、田中さんが持ってて」

「あ、はい」

とは答えたものの、急にオフィスにいるときのように「田中さん」と呼ばれ、寂しさがやってくる。同時に生涯縮むことのない距離を実感した。

「課長、あの……」

やはり確かめておきたかった。いつまで仮面夫婦を続けるのか。こんな家庭環境では産まれてくる子供が可哀そうだ。

だけど優しい目で問い返されたら、芽生えた勇気は一瞬で消えた。どうして自分は今のこの幸せまで壊そうとするのか。

「なに？」

「いえ、やっぱり大丈夫です……」

エレベーターは五階に到着した。

部屋に入るとキッチンへと直行し、買ってきた食材や調味料を無心で片付けた。

夕食は焼くだけのステーキにしたので、簡単に付け合わせとサラダを作れば出来上がりだ。

明日からは家での食事はしないという。今夜が最後の晩餐だ。

だけどその方がいいかもしれない。期待して失望し、これ以上感情を揺さぶられたら、本当に息が詰まってしまうから。

好きな人とこうして暮らし、彼の子供が産める。たとえ気持ちがなくてもよかった。

彩里はもう一度そう自分を納得させ、改めてこの新生活をスタートさせる決意をした。

第五章　甘くて苦くて、甘い彼との生活

丸菱物産までは地下鉄でたったの二駅。ここからなら八時にマンションを出れば、余裕で出勤できる。

朝に簡単な家事をこなしたとしても、六時半に起きれば十分だ――などと高をくくっていたら、顔を洗おうとして入ったパウダールームで、シャワーを浴びたばかりの真っ裸な藤島と鉢合わせた。

「キャーッ!!」

思わず大声をあげてしまう。どうやら彼は朝にシャワーを浴びてから、出勤するのが習慣のようだ。

「な、なに？」

藤島も驚いたのか、大事な部分を即座にバスタオルで隠した。が、すでに細マッチョな逞《たくま》しい肉体を上から下までくまなく見てしまったあとだ。

「ごめんなさい！」

慌ててパウダールームから逃げ出すしかない。しかしなんというリアクションだろ

う。子供まで作ったことが嘘のようだ。

いずれにしてもそんなことがあったので、仕方なく起床時間を一時間繰り上げ、五時半にした。

パジャマのまま、先に占領した洗面所で洗顔をし、スキンケアをしたあとは急いでメイクを完了させる。髪をブラシで梳《と》かし、ストレートアイロンでセット。キッチンへと移動し、トーストを焼いてジャムをつけ、立ったままオレンジジュースで流し込む。彼が起きたらすぐ、挽き立てのコーヒーが飲めるよう、コーヒーメーカーを準備しておく。

届いた朝刊をダイニングテーブルに置き、食器洗浄機の中にある食器を棚に戻し、キッチンを簡単に片付ける。バルコニーへ出て、花と会話しながらの水やり。

最後に歯磨きをし、服を着替えて出勤する。

このマンションは生ゴミをディスポーザーで、粗大ゴミ以外のゴミは毎日一階にあるゴミ置き場へ持っていけるので便利だ。慌ただしい朝の時間が削られることがなく、大いに助かっていた。

健康を第一に考えたら、お弁当を作りたいところだが、藤島はいらないと言うだろうし。彩里もまだこの新生活のサイクルに慣れてはいないため、もう少し様子を見ることにした。

バッグの中にスマホやら財布やらを詰め込み、そろそろ出かけようと廊下へ出たら、シトラス系の香りに包まれた藤島がちょうどバスルームから戻ってくる。

「おはようございます」

「おはよう。まさか、もう出勤？」

「はい。行ってきます」

彼はこのあとダイニングテーブルで朝のコーヒーを飲みながら、タブレットを開き、時間ギリギリまで仕事をするだろう。だから邪魔をしないよう、七時半には家を出ることにしている。

ほとんどの家事は帰ってからだ。まずは洗濯機を回し、リビングダイニングと自分の部屋、入室許可が取れている藤島の寝室と書斎に掃除機をかける。トイレ掃除は二日に一度、バスルームとパウダールームはお風呂から出たとき行うことにしていた。

夕食は素敵なキッチンでの自炊が基本。彼が帰宅し、リビングで寛いでいる間にお風呂に入り、出たらすぐに自分の部屋にこもった。

藤島は家で食事はしないが、アルコールは飲むので、冷蔵庫に簡単なつまみと夜食を用意してメモを貼り付けておく。意外と食べてくれるので、それを作るのが今の楽しみになっていた。

結婚という名の同居。しかもシェアハウスにいるような。

心がけることは家事を完璧にこなし、互いのプライベートには立ち入らないこと。

そしてなにより大切なのは、これ以上彼を好きにならないことだ。

安定期に入る前にもしものことがあれば、この結婚は間違いなく解消されるはずだから。

＊

引っ越しから十日が過ぎ、ようやく新しい生活にも慣れてきた。

ひとり暮らしのときはテレビを観ながらコンビニ弁当を食べ、ダラダラ過ごしていたが、ある意味今は充実している。

とにかく時間が足りない。家事に仕事に、やらなくてはならないことが多過ぎた。

それでも先週は藤島が東南アジアに三日間出張していたので、少しのんびりできた。起きる時刻を一時間遅らせ、会社から帰ったあとは共同スペースであるリビングを陣取り、彼が持っていたビデオディスクとオンデマンドを片っ端から観てやった。

案外私、専業主婦に向いているかも……。

だけどこんな生活、いつまで続けることができるだろうか。

先のことはあまり考えないようにし、毎日を懸命に生きる。それが近頃の目標だった。

*

「田中さん」

午前十一時を過ぎた頃、谷中係長が困った顔で彩里のデスクにやってくる。

「田中さんって確か、中国語ができたよね」

「発音はダメですが、読み書きならなんとか」

彩里が答えると、彼は自身の目の前で両手を合わせた。

「だったらこの資料の翻訳、明日までに頼めないかな」

「えっ？」

「今夜は徹夜してでも仕上げるつもりだったけど、中国語がどうも……できたとしても、的を射た翻訳になるかどうか……」

なんでもそれは先週、藤島といっしょに海外出張したことを報告するための資料。中国語から日本語に翻訳し、翌朝行われる役員会へ提出しなくてはならない。だけど彼は中国語が苦手で、他に急ぎの仕事まで入ったそうだ。

藤島は外出中で、彼も英語とフランス語、ドイツ語、スペイン語は堪能だが、中国語はそれほどではない。

資料はかなりの量だが、やらなければ藤島に恥をかかせてしまうという。

数日前から胃の辺りがムカムカし、体調が優れなかった。が、自分がなんとかしなくてはならないという使命感に駆られた。それにいつも助けてくれる谷中が徹夜するとまで言っている。手伝わないわけにはいかなかった。

「わかりました。今日中に仕上げます」

彩里は引き受けることに。

「ありがとう、田中さん。恩に着るよ」

帰りに寄ろうと思っていたスーパーは明日にし、夕食は冷凍ご飯と作り置きのおかずで間に合うだろう。

心配なことは、藤島が出先から直帰するということ。それでも残業をなんとか二時間以内に終えたら、彼の帰宅に間に合うはずだ。

――そんなわけで。

今日はゆっくり社員食堂で、お昼を食べる暇はない。もともとあまり食欲がなく、軽い吐き気にも襲われていた。

もしかしてこれは、つわり……？

そうだ、つわりが始まったのだ。人によって時期やひどさはさまざまだと本には書いてあったけど、きっとそうだ。つわりに違いない。赤ちゃんが元気に大きくなっている証拠だろう。

偉いね……。

心のうちでそう呟いた彩里は、そっとお腹に手をあてた。

こういうときは、なんでもいいから食べられるものを口にすればいいらしい。

サンドイッチならイケそうな気がしたので、コンビニで調達することにした。とはいえ、混んでいる十二時過ぎは避けたい。

時間を少しずらしてから向かおうと思っていると、仕事に集中し過ぎてしまったのか、いつの間にか昼休みが終わっている。

「どうしよう……」

今から外に出るのは気が引けた。あとでタイミングを見計らい、買ってくることにしよう。

とりあえずデスクの中にあったグミキャンディーを摘まみ、口の中へと入れる。

「田中さん、パナマのファイル、どこにある？」

「パナマですか？　それなら全部向こうの棚に……」

こういう日に限り、他の人から聞かれたり、頼まれたりすることが多い。

「えっ？　どこ？」

「ありませんか？」

結局コンビニへ行けたのは、定時を過ぎた五時半以降。退社する人たちに紛れ、彩里は急いだ。

それでも定時後はオフィスから人がいなくなるので、デスクでなにかを食べていても目立ちにくい。

彩里はようやくあり付けた、昼食兼夕食のパンを少しずつちぎり、口に運んでいると、なぜか社には戻らないはずの藤島が帰ってくる。

「課長、お帰りなさい」

「お疲れさまでした」

そんな課員たちの声に、ハッとしてパンを食べていた手を止めた。が、目が合った彼は眉をひそめている。デスクでモノを食べていたからだろう。はしたないと思われたのだ。

実際、自身のデスクにビジネスバッグを置いた藤島は、すぐに彩里へメッセージを送ってきた。

『なにを食べてるんだ？』

『すみません。忙しくて昼食がまだだったので』

『もう六時だぞ。もっと自分を大切にしろ。こっちは気を使い、急な仕事を回さないようにしてるのに』

彩里は事情を説明するメッセージを打ち始めたが、それを送る前に藤島がやってくる。

「田中さん、ミーティングルームへ来てくれ」

「あ、はい」

立ち上がり、彼についていった。

ミーティングルームに入るやいなや、藤島は溜め息をついた。

「また滝本に、仕事を押し付けられたのか」

意味がわからなかった。なぜ滝本の名前がいきなり出てくるのか。

「滝本は今、秘書課の女の子たちと出ていった。奴《やつ》からの仕事は受けるなとあれほど言ったのに、君はどこまでお人好しなんだ？」

「でも、これは……」

「もっと自分を大切にしてほしい。ひとりの身体じゃないんだ。どうしてわからないんだ？」

なるほど、そういうことか……。

どうやら藤島はまた彩里が滝本から仕事を押し付けられ、残業していると勘違いしたらしい。

「違うんです。滝本さんのせいじゃ……」

本当のことを伝えようとしたが、藤島は疲れていたのか、聞く耳を持たなかった。

「いつまでこんなことを続けるつもりだ？　男に頼まれたら、君はなんでも引き受けるのか？」

その言葉が妙に引っかかる。

「今の、どういう意味ですか？」

おそらく悟志のことを言っているのだろう。この種の嫌みはうんざりだった。

「そっちこそ、自分に言い寄っていた秘書課の美女が、滝本さんと出ていってヤキモチを焼いてるんじゃないですか？」

「はあ？」

「公私混同はやめてください！　みっともないです！」

「なんだと!?」

「課長はいつもそうです。表面的なことだけで人を判断して。私のことだって、全然見てくれない。どうせ金目当ての、打算的な女だとか、思ってるんでしょう？」

もう止まらなかった。

「だから籍も入れず、寝室も別にして。もし私が流産したら、マンションから追い出す計画なんですよね！」

すると藤島は呆れたように息を吐く。

「そんなこと、思っていたのか……」

「私でなくても、誰でもそう、思、う……」

と言いかけたところで、いきなりの強い吐き気に襲われた。空腹で急にパンを食べてしまったからだろう。

「失礼します！」

口元に手をあてた彩里は、ミーティングルームを飛び出した。

トイレに駆け込み、便器の蓋を開ける。さっき食べたパンを戻してしまう。それでもまだ吐き気は治まらず、胃液が出てきた。

これが本当のつわり……？

想像していたよりはるかに辛《つら》い。やまない吐き気が、次から次へとやってくる。

お願い、助けて……。

そしてようやく少し楽になり、トイレの個室から出て洗面台に向かおうとしたが、今度は身体がフラフラする。

鏡にげっそりした自分の顔を映しながら、かけていた伊達眼鏡を外した。蛇口を開き、小刻みに震える指先で水を掬って口を漱《すす》ぐ。

トイレに誰もいない、遅い時間帯で本当によかった。もし人に見られていたら、妊娠していることを勘付かれたかもしれない。

ゆっくりと少し速くなっていた呼吸を整え、ふたたび目の前の鏡に目をやると、なぜか無性に泣けてくる。

どうしてこんなにも悔しいのだろう。藤島が彩里のことを信じていないのは、初めからわかっていたはずだ。

それでも我が子のため、負けないと誓ったのに。この切なく苦しい気持ちを簡単に切り替えることはできそうにもなかった。

今すぐ彼の前から永遠に逃げ出したい……。

だけど中国語の翻訳は、谷中から頼まれた仕事。無責任なことはできない。

涙を拭った彩里は気を静め、ふたたび眼鏡をかけ、デスクへと戻る。

ミーティングルームにいたはずの藤島も席に着いていた。できるだけ視線を合わさないように、続きをやり遂げる。それを今ちょうど、席を外していた谷中のデスクの上へ置いた。

半分しか食べてないパンをバッグに入れ、夜の静かなオフィスを彼よりも先に出たのだ。

＊

妊娠するとホルモンの関係で、すぐにイライラしたり、些細《ささい》なことで気持ちが昂ったりするという。

とくにつわりの時期は辛く、だからこそパートナーや周囲の人の助けが必要なのだけど――。

彩里にはそれを相談する人も、話を聞いてくれる人もいなかった。すべてはひとりで乗り越えなくてはならない。

オフィスで口喧嘩をして以来、藤島とは家でもますます顔を合わせなくなっていた。以前にも増して食べ物の匂いがしない自室へと引きこもり、藤島は藤島で彩里を避けているのか、毎晩遅く帰ってくる。

こんな生活、もう嫌だと思ったが、吐いてばかりでなにも食べられず、衰弱していく身体では新たな考えも浮かばない。

常にビニール袋を持ち歩いてはいたが、たった二駅乗るだけの満員電車が怖くて堪らなかった。ひと駅乗っては降り、少し休憩してからまた乗る。二十分で着くはずのオフィスへは、一時間以上の通勤時間がかかっていた。

そんなギリギリの状態だったため、家での洗濯や掃除も滞りがちだった。体力が落ちている彩里にとっては重い掃除機を運び、広さのある各部屋にかけるのはひと苦労。

とくにゴミ出しが辛かった。マンション一階にあるゴミ置き場は二十四時間いつでも利用できるが、他の住人のゴミも常に置かれている。臭いで気持ち悪くなった。

オフィスでの仕事効率も明らかに落ちている。考えもしないミスをしてしまう。

二人がぎくしゃくしていることに気付いたのか、谷中からは「なにがあったか知らないけど、早く藤島課長に謝った方がいいよ」とアドバイスまでされた。

そしてまた「田中さん」と、藤島に呼ばれた気がした。なにか、やってしまったのだろうか。

とにかく行かなくちゃ……。

デスクに両手をついた彩里は、やっとの思いで立ち上がる。重い足を引きずるように、彼が待つ窓際の席へと向かった。

「なんでしょうか？」

しかし藤島はきょとんとする。

「呼んでないが」

「えっ？」

「それより顔色が悪いな。今日はもう帰った方がいい」

きっと彼はオフィスでも彩里の顔を見たくないのだ。

「わかり、ました……」

そう返事をし、踵を返した瞬間、ぐらりと世界が揺れた。

どうしよう、倒れるかも……。

思ったときにはすでに、意識が遠のいていた。

＊　＊　＊

目の前で突然彩里が倒れた。ふらっと身体を大きく揺らしたかと思うと、へなへなと崩れるように。

「田中さん？」

頭を打たなかったのが幸いだ。

すぐに駆け寄り、抱き上げた。もう一度大きな声で呼んだが、反応はない。意識を失っている。彼女にはなにか持病があったのか。

そんなことすら知らない自分を恥じながら、慌てて横抱きにし、医務室のある十階へと急いだ。

彩里を運ぶ藤島を、大勢の社員たちがざわめきを立てて見ている。しかし今は緊急事態だ。外野のことなどまったく目には入らなかった。

彼女にいったいなにが起こったのだろう。心配でならない。

滝本の件で言い争い、泣きながらミーティングルームを出ていった彩里。彼女が安易に利用されている気がして、ついかっとなってしまった。

しかし翌日、彩里が仕事を手伝っていたのは滝本ではなく、谷中だったということがわかった。しかも藤島をフォローするための中国語の翻訳。

すぐに「悪かった」と謝るべきだったが、下手に男のプライドが邪魔をした。引っ込みがつかなくなり、完全にタイミングを逃してしまったのだ。

マンションに戻っても、避けるように部屋から出てこない。

少し時間を置けば、わだかまりも取れるはず。そう考え、しばらく放置していたのだが。

このところの彼女は顔色が悪かった。心配だったが、それについて尋ねることもできなかった。

すべては自分が意地を張ってしまったせいだ。妊娠している彩里を気遣うことをしなかった。もっと早くこちらから折れるべきだった。彼女の身になにかあれば、どうすればいいのだろう。

血の気のない、真っ青な顔の彩里を運びながら、藤島は心から反省したのだ。

十階でエレベーターを降り、医務室へと駆け込む。

「先生、お願いします！」

藤島は大声を上げた。

「石油貿易課の田中彩里です。話していたら、急に倒れてしまって」

「こちらへどうぞ」

診察室にいた四十代前半の女性産業医が、医療用ベッドがある個室に案内する。藤島はそこへ彩里を寝かせた。

「田中さん、どうしましたか？　ここがどこか、わかりますか？」

医師が呼びかけながら肩を叩くと、彼女は薄目を開ける。だがまたすぐに閉じてしまう。

女医は脈をとったあと、呼吸状態のチェック。襟元から手を滑り込ませて聴診器を胸にあて、目の上にペンライトを走らせて瞳孔《どうこう》を確認した。首や腹部も触診する。

そして看護師が持ってきた、四月に行われた彩里の健康診断の結果を見て、

「大丈夫でしょう。とくに持病もありませんし」

診断結果を伝えた。

「もしかしたら彼女、食事をしてないのかもしれません」

「食事を?」

「ダイエットかなにかでしょうね。低血糖発作を起こして、倒れてしまったのだと思います」

なぜ彩里が食事をしてないかは気になったものの、とりあえず大事には至らないと聞き、藤島は心底安堵する。

「お若い方だから、いろんな悩みがあるのでしょうね。念のため、大きな病院で検査を受け、心療内科を受診された方がいいと思います」

「心療内科を、ですか……」

目を見張る藤島に、医師は事務的に言った。

「ではしばらくこちらで、田中さんをお預かりします。ご連絡は……」

「石油貿易課の藤島です」

「わかりました。なにかあれば藤島さんまでお知らせします。もう結構ですよ」

部屋から出るように促した。

「あの、先生」

「はい」

「実は彼女、妊娠してるんです」

「え……？」

「わたしの子供です」

産業医は一瞬固まったが、すぐ納得したように頷いた。

「すみません。社内ではまだ公表できてなくて……」

すると彼女は告げた。

「でしたら田中さん、つわりでしょうね」

「つわり？」

「今妊娠、何週目ですか？」

「さあ、それは……」

藤島の受け答えに、医師は呆れたような顔をする。

「立ち入ったことをお聞きしますが、ご結婚の予定はありますか？」

「もちろんです。まだ籍を入れてはいませんが、先月からいっしょに住み始めています」

その言葉にホッとしたのか、今度は藤島を諭し始めた。

「今奥様、精神的にも肉体的にも一番辛い時期なんです。どうしてつわりを隠していたんでしょうね。もっと気遣ってあげるべきです」

「すみません……」

ふがいない自分を反省するように頭を下げた。

考えてみたら、彩里を追い詰めてしまった原因はたくさんある。

初めてマンションを見に来た日、藤島が不動産オーナーであることをことさら喜び、「バーで会ったときから、お金持ちじゃないかと思っていました」という言葉に引っかかり、寝室を別にすることを提案してしまう。

それでも彩里が甘えて撤回を求めてくるだろうと思ったが、彼女は動揺すら見せず、自分が使っていたベッドを運び込んだ。

だけどいっしょに暮らすうち、そんなルールはすぐに消えてなくなると考えていた。こちらからもサインを出していたつもりだったし。

しかし彩里は徹底して出勤と帰宅の時間をずらし、家では顔を合わせないようにした。いつしか自分は嫌われているのではないかと、疑心暗鬼《ぎしんあんき》になってくる。

今になってみれば、大人げない行動と嫉妬が発端だ。

彩里はお腹の子を慈しみながら、毎朝早く起きて家事をこなし、家庭を守ってくれていた。藤島を支えていたのに――。

「表面的なことだけで人を判断して。私のことだって、全然見てくれない。だから籍も入れず、寝室も別にして。もし流産したら、マンションから追い出す計画なんですよね」と言った彩里の言葉に、すべてが込められていたのだろう。

どうしてもっと話し合い、素直に気持ちを伝えようとはしなかったのか。藤島は猛省し、改めて彩里への深い愛情を認識した。

「彼女をもっと、大切にすべきでした」

医師に告げると、彼女は微笑んだ。

「ではこれから、挽回してくださいね」

「先生のおかげで、いろいろ気付くことができました」

医師はそれを聞いて安心したのか、

「藤島課長は素敵なパパになりそうですね」

そう言って微笑み、二人を残して個室から出ていった。

藤島はベッドサイドにあった丸椅子に腰を下ろし、横たわっている彩里の手を握った。

「ごめん、彩里……」

これからはもう絶対に泣かせたりはしない……。

そう心に誓っていると、

「課長……？」

彩里が目を覚ました。

「ここは？」

辺りを見回しながら、弱々しい声で尋ねる。

「医務室だ。急に倒れたから、運んできたんだ」

「あ、そうだったんですね。申し訳ありません。ご迷惑をおかけして……」

他人行儀にそう言ったあと、身体を起こそうとした。

「もう大丈夫なので、仕事に戻ります」

「ダメだ。戻らなくていい」

「でも」

「俺たち夫婦だろ？　もっと甘えろよ」

するとと彩里は誰かに聞かれてはいないか、ドアの外を窺《うかが》う。

「先生にはもう話したから、平気だ」

「え……」

「つわりなんだって？」

彩里は小さく頷いた。

「なにも食べてないのか？」

ふたたびこくりと首を振る。

「ごめん、なにも気付いてあげられなくて」

藤島は顔を近付け、彩里の頬を優しく撫でた。

「これまでのこと、俺が全部悪かった。君にばかり辛い思いをさせて」

「え……」

藤島は以前に自分の子供ではないと疑ってしまったこと、寝室を別にしたこと、一緒に暮らしていたのに入籍もせず、会社にも内緒にしていたこと、家事を任せっきりにしていること、なにより滝本のことで誤解したことを謝った。

「実は恥ずかしくて今まで言えなかったけど、俺が彩里とお腹の子のこと、どれだけ愛おしく思っているか」

「そうなんですか？」

「二人にしてやりたいことが多過ぎて、困ってるよ」

苦く微笑んだ藤島に彩里が突っ込んでくる。

「例えば？」

「どんな音楽を聴かせたらいいのか、なにを話しかけたらいいのか、とか」

「赤ちゃんのことばかりですね」

拗《す》ねたように言いつつも、嬉しそうな顔をする。

「もちろん彩里のことだって、ちゃんと考えてる。新鮮な肉や魚、野菜が注文できるネットスーパーを探したり、妊婦がリラックスできるスパを見つけたり。育児書も内緒で買《か》い漁《あさ》っている」

「ホントに？」

「生まれてからは……」

彩里はにこやかに藤島の言葉を遮った。

「ありがとうございます。すごく嬉しいです」

「あ、うん……」

「私の方こそ、謝らなくちゃです。変な意地を張ってました。やっぱり課長が、仕方なく結婚したとしか思えなくて」

「だから、それは……」

「たぶん悔しかったんです。私はこんなに思いを寄せているのに、なかなか好きになってもらえないから」

「彩里……」

藤島は思わず横たわっている彩里の肩を抱いた。

「俺が悪かった。ホントに悪かった。大人げないヤキモチで、こんなに君を苦しめていたなんて。一生かけて償うよ」

「そんな、大袈裟《おおげさ》な……」

彩里は苦く微笑んだが。

「近いうちに入籍しよう」

はっきりと告げる。

「石油貿易課のみんなに結婚を報告したいんだ」

彩里は驚いたのか、触れあっていた藤島の肩を押した。

「でもまだ、安定期には……」

「それは関係ない」

「だけど、もし……」

「確かに俺たちの結婚は妊娠がきっかけになったが、気持ちは違う。ただ君と一緒にいたかったからだ」

「え……」

「いつも彩里のことばかり考えている」

するとと大きく見開いた彼女の目から、涙があふれ出す。

「課長……」

「泣き虫だな、彩里は」

「信じられないけど、すごく嬉しい」

「信じてほしい。照れ屋の俺が、やっと素直に告白したんだから」

「はい」

「死ぬまで君を大切にする。愛してる、彩里」

しばらく見つめ合ったあと、どちらからともなく唇を重ねた。

彩里を幸せにするためなら、なんでもできる。そう思えた藤島は彼女を愛し抜くことを誓ったのだ。

第六章　ついに本物の夫婦になりました！

昨日は初めて二人一緒に帰宅し、そして初めて藤島の部屋にある大きなキングサイズのベッドで優しくゆっくりと愛し合った。

互いの思いが深く通じ合い、こんなにも清々《すがすが》しい朝を迎えられるなんて。本当に夢のようだ。

藤島が同じベッドにいることが嬉しくて、まだどうしても信じられなくて。窓の外は未だ薄暗いというのに、もう目が覚めてしまった。

課長って、まつ毛が長いんだ……。

永遠に飽きない、自分だけが見ることのできるハンサムな横顔。あまりにカッコよ過ぎて、胸がドキドキと高鳴ってしまう。

ついその長いまつ毛を弄びたくなり、彼の頬へと指先を滑らせた。

「……ん？」

それがくすぐったかったのか、藤島は眠そうな目を開ける。

「どうした？　気分が悪いの？」

「ううん。大丈夫……」

そしてベッドサイドにあったスマホを確認し、驚いたように言った。

「まだ五時半じゃないか……」

「いつもこの時間に起きていたから、習慣になっているのかも」

「今日からは俺が先に起きる。彩里はもう少し寝なさい」

『彩里』と名前を呼び、まるで子供を諭すように、肩まで布団をかけ直してくれる。その上からトントンとした。

「でもなんか、目が覚めちゃって。やっぱりもう起きようかな。課長はもう少し眠っていてくださいね」

彼の耳元でそうささやき、身体を起こそうとすると、

「ダメだ」

止められてしまう。

「ていうか、今なんて言った？　課長……？」

「……はい」

「ここは会社ではないのですが、奥様」

からかうように告げる。

「だったら、なんとお呼びすればいいのですか？　旦那様」

「そうだな……亮さん？」

「それは無理です」

即刻真面目顔で断った。

「どうして？」

「急過ぎます」

「俺は昨日から彩里って、名前を呼んでるんだけど」

「でも……」

「そうか、つまりまだ愛が足りないのか」

「えっ？」

掛け布団の中にあった藤島の手が、彩里の脇腹へと伸びてきて、怪しく蠢《うごめ》いた。

「やん」

そして手はパジャマの上から、豊かな胸の膨らみをやわやわといじり始める。

「なにするんですか？　朝っぱらから……」

甘えたように抗《あらが》うと、イケメン過ぎるその口角を上げた。

「まだ時間はたっぷりあるだろ？　可愛過ぎる彩里がいけないんだ。触れるだけにするから」

「でも……」

布団の中に潜り込んだ藤島は、彩里のパジャマのボタンをひとつずつ外していく。顔を出したかと思うと、首元に優しいキスを落とした。

「もぉ、勝手に脱がせないで」

「着替えを手伝うだけだ」

「着せてはくれないのに……?」

にやりと不敵な笑みを浮かべたが、その作業をやめるつもりはないようだ。

「ん、あ……ダメ、だって……や、んぅ……」

すでに下着にまで手が伸び、胸の頂《いただき》を気持ちよく弾かれた。彩里の呼吸は瞬く間にはあはあと上がっていく。身体の芯が熱くなった。

「ホントに……今朝は、キッチンを……少し片、づけてから……出ようと思ってた、のに……」

「俺があとでやるよ」

「だけどシンクのお掃除……課長は、したこと……ない、でしょう?」

「おいおい、また課長か……?」

「あ……」

「いけないお口はこうするしか……」

今度は濃厚なキスで唇を塞《ふさ》がれた。すぐに舌が入ってきて、口腔内を執拗《しつよう》にかき回していく。

「うっ、あ……もぉ、ダメだって……」

「でもここ、気持ちいいだろ？」

そんな意地悪な質問に、ついこくりと頷いた。

悩ましく素肌を這い回る彼の手を、止めることができない――。

いつしかカーテンの隙間からは、朝の眩《まぶ》しい光が静かに差し込んでいる。幸せに包まれていた。

まさかこんな日が来るなんて、誰が想像しただろう。彩里もそっと藤島の髪に指を添わせていた。

＊

相変わらずつわりはあるが、頼りになる藤島のおかげで、なんとか乗り切ることができそうだ。

　まだ突然の吐き気に襲われたり、眠くて仕方なかったりもするが、その対処方法もだんだんわかってきた。

　世間で言われるように、ご飯が炊き上がったときの炊飯器から出る匂いが一番苦手だ。自炊はしばらく中止にし、彼が買ってきてくれたパンやフルーツなどを食べることにした。

　丸菱物産までは二駅という近さだが、それでも満員電車を心配した藤島が毎朝車で送ってくれる。

　初めて地下駐車場へ行き、停《と》めてある彼の高級外車を見てびっくり。さすがにマンションのオーナーだ。

「でも、会社の駐車場には停められないでしょう？　まさか私を送ったあと、また戻ってくるの？」

「いや」

「じゃあ、コインパーキングに？」

　彩里は駐車料金が心配になったが、

「大丈夫。会社に停められるから」

「会社に？」

藤島は問題がないように言う。

確かに丸菱物産本社自社ビルの地下にも広い駐車スペースはあるが、それは役員専用だったり、社用車が置かれていたり、来客のためのものであって、社員の車通勤は原則厳しく禁止されている。

「実は、特別枠の駐車スペースを申請してあるんだ」

「特別枠……？」

会社の駐車場に特別枠が存在するなんて話、一度も耳にしたことはなかったが、もしや課長クラス以上にだけ許されているのだろうか。

「だったら、いいけど……」

いずれにしても満員電車に乗らなくて済むのはありがたい。

彩里は滑るような乗り心地の、藤島の真っ白な高級車で、丸菱物産本社ビルへと向かった。

そして彼はついにオフィスで、二人がいっしょに暮らし始め、近々正式に結婚することを発表した。

これまで隠していたことに多少の罪悪感を覚えていたが、課員たちは屈託のない笑顔で祝福してくれる。

「おめでとうございます！　課長！　田中さん！」

「お二人はいつからお付き合いしてたんですか？」

「田中さんすごーい！　藤島課長を射止めるなんて」

女性係長からはとくに冷やかされてしまう。

計算が合わないので、妊娠していることはもうしばらく内緒にすることにした。まだ安定期にも入ってないし、できちゃった婚だと思われ、いろいろ推測されるのも恥ずかしい。

結婚式は安定期に入ってから。新婚旅行は行きたかった海外だと、身体への負担が大きい。仕事もあるし、とりあえずは国内を車で回ることにした。

入籍だけはすぐにしようと藤島は言ってくれたが、山梨に住む父と母に彼を会わせてはいない。妊娠の報告もまだだった。

考えてみたら、藤島の実家は東京にあるというのに、まだご両親には一度も会ったことがない。

「入籍は、両方の両親に挨拶をしてからにしない？」

それに社内の規定によると、夫婦は同じ部署で働けないことになっている。婚姻届を提出し、法的な夫婦になってしまったら、おそらく彩里に異動の辞令が出るだろう。

そんなこんなが重なり、つわりが治まるまで、あと少し待つことにした。

＊

今日はクリスマスイブ。ようやく自分の家のように思えてきたマンションのこの部屋を、クリスマスの飾り付けでいっぱいにしたかったが――やはりまだ体調が万全ではない。

がっかりした気持ちを伝えると、前日に藤島が小さなクリスクスツリーを買ってきてくれた。

「今年はこれで我慢して」

「ありがとう」

彼はとてもよく気が利いた。というより、すごく面倒見がいい。さすがにお兄ちゃんだ。案外世話好きなのかもしれない。

初めてバーで会ったときも、悟志との話を親身になって聞いてくれ、アルコールばかりだと身体によくないとフルーツなどを注文してくれた。

酔った彩里を介抱してくれたのも、その優しく世話好きな一面があったからだろう。

考えてみたら、二人で行ったのはスーパーマーケットだけ。デートらしいデートもしたことがなかった。

本来ならお洒落な店を予約して、クリスマスディナーと行きたいところだが、つわりなので実現するのは難しい。

「だったら家で、簡単なパーティーをしよう。明日はデパ地下で彩里が食べられそうな物を買って、できるだけ早く帰るから。先にマンションに戻ってて」

そこで彩里はひと足先に退社して地下鉄に乗り、クリスマスツリーに赤や緑の電飾をキラキラと点灯させながら部屋で待っていたのだが。

「遅いな……」

まだ戻らない藤島にメッセージを送っても、既読にすらならない。

「パパは、どうしたんでしょうね……」

仕方なくお腹の我が子に愚痴ったり。

クリスマスイブの混雑するデパ地下で、なにを買おうかと迷っているのだろうか。

お腹が空《す》いた彩里は、冷蔵庫にイチゴがあるのを思い出した。それを少し口に入れようとリビングのソファーから立ち上がったとき、ガチャリと玄関ドアが開く音がした。

「お帰りなさい！」

藤島を迎えに出ると、彼よりも先に大きなクマのぬいぐるみが入ってくる。

「どうしたの？」

「赤ちゃんへのクリスマスプレゼント」

「わあーっ！」

大きなクマに彩里が感動してしまう。自分は赤ちゃんへのプレゼントなど、思いつきもしなかった。

「優しい、課……」

課長と言いかけて、慌てて訂正する。

「亮さんパパ」

「亮さんパパ？」

まだ文句はあるらしいが、一応の努力は認めてくれた。

「遅くなってごめん。フルーツはもちろん、ケーキとか、彩里が食べられそうな物も買ってきた。パーティー、始めようか」

「うん」

彩里は大きく頷いた。

リビングダイニングの照明を少し落とし、キャンドルライトを灯《とも》す。クリスマス気分を味わうためのムーディーな演出だ。

ダイニングテーブルには、藤島がデパ地下で買ってきたクリスマス料理が所狭しと並んでいる。

「そうだ。まずは写真を撮って」

藤島がスマホで二人の写真を撮ってくれた。考えてみたらツーショット撮影は初めてかもしれない。

「せっかくだから、亮さんはワインでも飲んだら？」

家では彩里を気遣い、一切のアルコールを口にしない。でもクリスマスの今日ぐらいはと勧めてみたが。

「ひとりで飲んでも美味しくないから、いいよ」

なんて優しいのだろう。

仕方なく炭酸水で乾杯し、食べられるものを皿の上に取り分けた。

お腹の方がそこそこ満たされてきたとき、藤島が言った。

「彩里へもプレゼントがあるんだ」

彼は真っ赤な小箱を取り出す。開けると、大粒のダイヤモンドのネックレスが入っている。

「わあ、きれい！」

「着けてもいい？」

「もちろん」

藤島は立ち上がり、彩里の後ろへと回る。首元にダイヤのネックレスを着けてくれた。指でそれをなぞりながら、

「亮さん、ありがとう」

お礼を言うと、

「どういたしまして」

後ろから抱き締められる。そして今度は耳元でささやいた。

「実は彩里へのプレゼント、他にもまだあるんだ」

どこに隠し持っていたのか、藤島はもうひとつの箱を得意げに取り出した。そこに

は、ネックレスよりはるかに大きなダイヤモンドのリングが輝いている。

「指輪……？」

周りには小さなダイヤが花のようにちりばめられ、可愛いデザインながらもとてもゴージャスだ。

「こっちは婚約指輪。大きさは三カラットだけど、ダイヤモンドの美しさは最高級だそうだ」

「亮さん……」

彩里との結婚を決めた日、銀座《ぎんざ》の宝飾店にオーダーしておいてくれたらしい。

「じゃあ、屋上でプロポーズしてくれた日？」

「ああ。でも渡すのが、遅くなってしまった……」

そんな早い時期から、結婚を真剣に考えてくれていたなんて。驚きと同時に感動がじんわりとやってくる。

にもかかわらず、自分は勝手な思い込みでいつまでも意地を張り、藤島に背を向けていた。そんな過去が恥ずかしくなる。

「こっちも着けていい？」

「うん」

彩里は遠慮がちに左手を差し出した。

「つわりで大変だから、彩里の指、なんだか少し細くなったね……」

藤島はその薬指を慈しむように、三カラットもある大きなダイヤのリングをハメてくれる。

だけどいつの間に、薬指のサイズを調べていたのだろう。

「ありがとう……」

目からは涙があふれた。

「結婚指輪は教会での式には間に合わせるから、もう少し我慢して」

以前彩里が、結婚式を小さな教会で挙げたいと話したことを覚えていてくれたらしい。

「でも、どうしよう」

「ん？」

「ごめんなさい、私……亮さんへのクリスマスプレゼント、用意するのをすっかり忘れてた」

彩里は反省する。

「仕方ないよ、毎日の食事も大変なんだから」

「でも、それとこれとは……」

「だったら」

少し前かがみになった藤島はハンサムな笑みを浮かべ、人差し指を自身の唇にあてた。

「え……？」

「彩里からのクリスマスプレゼント、キスでいい」

「でも、そんなの……」

「これまで一度も彩里からされたことがないから、これが一番ほしいかなあ」

言うと藤島は目を瞑る。

「じゃあ……」

彼の両肩に手を置いた彩里は自身の顎《あご》を少し上げ、初めて自ら近付いた。唇と唇がソフトに重なる。

柔らかなその感触がなんとも心地いい。温もりを確かめるように、ゆっくりと角度を変えてみる。

初めは大人しくされたままの彼だったが、彩里のノーマルなキスに飽きてしまったのか、勝手に動き出した。

上下の唇を何度か食んだあと、デザートを味わうように舌先で周りを舐めてくる。

「んぅ、くすぐったい……」

抵抗する妻の反応がおもしろいのか、チュッ、チュッと卑猥な音を立て、強く吸ったりもした。

そして彼は悪戯《いたずら》っぽく微笑んだあと、彩里の小さな顔を大きな両手で挟んだ。本格的な口づけを開始するようだ。

まだ食事が途中なのに、これ以上濃厚に攻められたら、その先まで求めてしまいそうだ。

「もぉ、ダメだって……」

この辺りでいったん中断し、クリスマスディナーの続きをしようかと思っていたら、藤島のスマホが鳴った。

「亮さん、電話」

「ったく、誰だよ……」

悪態をついたあと、ダイニングテーブルに置かれたままのスマホを手に取る。だけど眉をひそめ、数秒してから画面にタッチした。

「もしもし？」

不機嫌そうな声だ。

「あ、うん……そうだけど。相談せずに決めて悪かった……わかったよ。行くよ、行く」

電話の相手は親しそうだが、友人ではなさそうだ。

「二十七日の日曜ね……大丈夫なはず。いっしょに行くよ……そのときちんと説明するから……はい、じゃあ」

藤島は溜め息をつきながら、電話を切った。

「もしかして亮さんのご両親？」

彩里の推測は正しかったようだ。

「そう、母親」

「なんて？」

彼が表情を曇らせていたので、あまりいい話ではない気がした。

「彩里のことを知ったらしい。今週の日曜日、いっしょに実家へ来てくれる？」

「もちろん」

すると彼はおかしなことを言う。

「おそらく石油貿易課から、バレたんだろうな」

「石油貿易課からって、どういうこと？」

「彩里にはまだ話してなかったけど、父親が社内にいるんだ」

「そうだったの!?」

これにはさすがに驚いてしまう。だとしたらもっと早く挨拶に行くべきだった。

彩里がつわりで苦しんでいたので、藤島が気を使ってくれたのか。

とはいえ、息子の結婚を他人の口から聞いたのだ。彼の両親がいい気分のわけはない。

「どうしよう……」

彩里は心配したが、藤島は動じない様子。それどころか、

「一筋縄ではいかない人たちだから」

などと軽口を叩いている。両親のことを「人たち」と呼んだことにも違和感を覚えた。

「だからしばらくは、内緒にするつもりだった」

「もしかして亮さんとご両親、上手く行ってないの？」

もしそうなら、結婚を反対されるかもしれない。しかし藤島は明確な回答を避けた。

「自分たちの意見ばかり押し付けて、俺の考えなど聞こうともしない」

おそらく彩里が不安げな顔を見せたからだろう。

「でも彩里はなにも心配することはないから。俺がきちんと話さなかったのがいけなかった。きっと両親もちょっと驚いただけだよ」

「本当に……？」

同じ会社にいるというお父様について、もう少し具体的に聞きたかったが、彼はそれ以上を話したがらない。

やはり家族となんらかの確執があるのかもしれない。いずれにしても日曜日に会えば、その辺りのこともわかるはずだ。

かかってきた藤島の母親からの電話で、クリスマス気分はすっかり冷めてしまった。

「食欲が失《う》せた。彩里はもう少し食べる？」

「私ももう大丈夫」

「じゃあ、果物はラップをかけて、冷蔵庫に入れておくから。先にお風呂に入って」

「うん」

日曜日の実家への訪問は、藤島にとっても気が重いことなのだろう。彼はゆっくりとクリスマス料理を片付け始めた。

＊

藤島の両親が住むというその実家を訪れたとき、彩里は本当にとんでもない人を好きになってしまったと実感した。

家はいわゆる豪邸なのだが、ふつうの豪邸ではない。ドラマや映画の世界に出てきそうな、西洋のお城みたいな田園調布《でんえんちょうふ》の大豪邸だ。

都内にあるとは思えない広い敷地は高い塀に囲まれていて、そびえ立つ黒いロートアイアンの門扉の前には、槍《やり》を持った門番が出てきそう。

助手席に彩里を乗せた藤島は、車内にあったリモコンでその立派な門扉を軽々と開けた。緩い坂道を車で上ると、中央には噴水があるロータリーがあって、周りには冬に静かに咲く花々が植えられている。

慣れたようにそこをぐるりと回った藤島は、車寄せのあるクラシカルな邸宅の前でエンジンを止めた。

「着いたよ」

どこかぎこちなく微笑む。

「あ、うん……」

未だに口が半開きの彩里にかまうことなく、先に車から下りた彼が助手席のドアを外から開けてくれる。

辺りを見渡しながら降りた彩里は、丸菱物産の社長の苗字が彼と同じ『藤島』であったことを今になって思い出した。

「もしかして、亮さんのお父様って……」

「丸菱物産の代表取締役社長だ。うちの会社は代々、藤島一族が引き継いでいる」

驚きで呼吸が止まりそうになった。だから会社の駐車場に、特別枠があったのだ。

藤島の家が一般庶民ではないと予想はしていたが、まさかここまですごい家柄だったとは。

どうしよう……。

まだつわりが治まっていないので、比較的楽な格好で来てしまった。

白の薄手のセーターにキャメルのジャンパースカート、黒のタイツにヒールのないローファーを履き、左手の薬指にはクリスマスの日に藤島から贈られたダイヤモンドの婚約指輪が申し訳なさげに輝いている。

フードの付いたモスグリーンの温かなコートを念のために手に引っかけてきたが、どれもこれもが場違いだったようだ。

考えてみたら今日は結婚の挨拶にやってきたのだ。妊娠していることで大目に見てもらえたとしても、あまりにも常識がなさ過ぎた。

彩里は家の中に入る前から憂鬱になってしまった。

どっしりと重厚な玄関扉を開けると、ゴージャスなシャンデリアが煌めく吹き抜けの玄関ロビーがあった。

そこにはエプロンを着けた中年女性が、跪《ひざまず》くような低い姿勢で彩里たちを待っている。

「お帰りなさいませ、亮坊ちゃま」

亮坊ちゃま……？

聞きなれないその呼び方に笑みがこぼれそうになるが、彩里が同じような姿勢で挨拶するのを藤島が止めた。

「長年勤めてくれている、お手伝いの野田《のだ》さん」

「そう、でしたか……田中彩里と申します。どうぞよろしくお願いします」

彩里がそれでも頭をぺこりと下げると、

「野田でございます。お待ちしておりました。お嬢様、コートをお預かりいたしましょう」

お嬢様……？

野田はコートを受け取った。そして目でなにかの合図をしながら、小声で藤島に言う。

「中で旦那様と奥様がお待ちでいらっしゃいます」

「あ、はい」

彼は大きく息を吐いた。自分が生まれ育った家のはずなのに、どうしてこうも固くなっているのだろう。

やはり藤島の両親は彩里との結婚に反対しているのだ。用意されたスリッパに履き替えた彩里は覚悟して、奥へと進んだ。

広々としたクラシカルで贅沢なリビングに足を踏み入れた瞬間、彩里は昔両親と訪れた迎賓館《げいひんかん》を思い出した。

とてつもなく光熱費がかかりそうな高い天井に、壁面には金装飾が施された額縁に入った絵画が美術館のように並んでいる。深みのあるフローリングの床には、アラベスク模様のペルシア絨毯が敷かれていた。

マンションのフロントロビーと同じくらい大きな花瓶には、ゴージャスな花々が生けられている。一面のガラス窓からは、気持ちのいい中庭の芝生を眺めることができた。

藤島はこんな国賓が住むような空間で、育ったのだろうか。自分との環境の差があり過ぎて、思わずたじろいでしまう。

長方形のローテーブルを囲むように配置された、茶色革のアンティークな猫脚ソファーには、彼の両親だと思われる六十代前後の男女と、ロングヘアーを縦にカールさせた彩里と同年代のお嬢様風の女性が座っている。

「どうぞ」

母親らしき人が彩里たちに声をかけた。彼女はふんわりとパーマがかかったショートボブに、品のいいAラインの花柄ワンピースを着ている。手や首には宝石や金のアクセサリーを輝かせていた。

家長席にいる父親は、本当に社長だった。穏やかな表情をした、ロマンスグレーの紳士を入社式で見たことを思い出す。

だけど母親の隣で同席する女性は誰なのか。

確か兄弟は弟さんのはずで……。

と、彩里が心のうちで首を傾げていると、

「お二人ともおかけになって」

ふたたび母親が促した。

藤島と彩里は母親と女性が並ぶ向かい側の長ソファーへと座り、まずは自己紹介から始める。

「初めまして。田中彩里と申します。丸菱物産の石油貿易課に勤務し、現在亮さんの下で働かせていただいております。ふつつか者ですが、どうぞ末永くよろしくお願いいたします」

座ったままお辞儀をしたが、穏やかだった母親の表情が一変した。

「末永く、ですって……？」

そのひと言に揚げ足を取り、品定めでもするかのように視線を上下させて彩里を観察する。

終わると今度は、藤島に話しかけた。

「驚きましたよ、亮さん。お父様からとんでもないことを伺って。あなた、このお嬢さんといっしょに暮らしてるんですって？」

「そうです」

「まあ、なんてはしたないんでしょう。若いうちに、女性と遊ぶのは男の甲斐性なのかもしれないけど……」

と、一瞬隣に座っていた女性を遠慮がちに見たあと、

「同棲だなんて、あり得ないわ。あなたいったい、なにを考えているの？」

まずは藤島を注意した。

「彩里さんと言いましたっけ？」

「はい」

「結婚前に男性と暮らすだなんて。ご両親がよくお許しになりましたわね。どんな教育をされて、お育ちになったのかしら？」

今度はふしだらだと彩里をなじる。

「彩里とは結婚するつもりで暮らしています。俺から申し込みました。もう決めたことです。今日はただ報告に来ただけですから、今さらとやかく言わないでください」

彼はさらりとかわした。母親はそんな息子を無視して、彩里の方を責め続けた。

「でも入籍はまだなんですよね、彩里さん」

「あ、はい」

「だったら、入籍には反対です。すぐに別れてちょうだい。今ならお互い戸籍が汚れ

ないから、いいでしょう？」

　母親が彩里のことを否定するたび、隣に座っていた女性がうつむきながらも小さく冷笑する。彩里の薬指にあるダイヤモンドの指輪が気になるのか、チラチラと視線を感じてしまう。

　しかし藤島はそんな母親の意見など聞く様子もなく、隣にいた彩里の手をしっかりと握った。

「お二人がどれほど反対しようとも、俺の気持ちは変わりません。彩里と結婚します。もう話は終わりました」

　藤島は立ち上がる。

「行くぞ、彩里」

「でも……」

　戸惑う彩里が立ち上がれずにいると、

「待ちなさい、亮さん。結婚は遊びじゃありませんよ！」

　母親が大きな声を出した。

「あなた将来、お父様の会社を継ぐつもりはあるの？　ご自分の立場がわかっているのですか？」

亮さんが将来、丸菱物産を継ぐ……？

藤島は丸菱物産の後継者、つまり御曹司だった。代々藤島家が経営権を牛耳っているということは、株式のほとんどを親族で保有しているのだろう。

彼の出世が異様に早かったのは、単に仕事ができるだけではなかった。滝本以上にすごいバックボーンがあったからだ。

けれど藤島はなにを言われても動じない。

「もちろんわかってる」

「わかっているなら、どうして？」

「前から言っているように、結婚と仕事は別に考えたいんだ」

電話のときもそうだ。母親とは敬語で話さない。父親よりも距離が近いらしい。

そんな藤島家の力関係が明確にわかったのは、次の瞬間だった。

「亮、座りなさい。話はまだ終わってはおらん」

低くて厳しい声に、藤島は諦めたようにふたたびソファーに腰かける。

「霧子《きりこ》さんはどうするつもりだ？」

父親は彩里の前に座っている女性に目をやった。

「彼女に申し訳ないとは思わないのか？」

「……」

「霧子さんはなにも言わず、ずっとお前を待っていた。ニューヨークから戻ったら、そろそろ式を挙げてはどうかと話していたところだ。婚約者がいるくせに、男として無責任だとは思わないのか！」

婚約者……？

藤島には結婚を約束した、親公認の女性がいたようだ。驚いた彩里はにわかに固まってしまう。

そして父親は彩里に穏やかに告げた。

「そういうわけで田中さん、申し訳ないが息子と別れてはもらえないだろうか」

「え……」

「もちろん息子の不始末による代償は、父親であるわたしが代わってお支払いする。納得してもらえる金額を用意するつもりだ。なんとか呑んではもらえないかね」

どうあっても結婚を許すつもりはないようだ。

「人事資料を見たところ、田中さん。あなたは大変優秀な方だ。日本でこのままくすぶっていてはもったいない。どうかな、もしよければ丸菱物産に籍を置き、ニューヨークで勉強してみては」

「ニューヨーク、ですか……？」

「我が社の留学制度を利用すれば、向こうで大学に通うことができる。その間の費用のすべてはわたしが持ちましょう」

「あの、でも……」

「うちにはドイツに留学している次男もおりましてね。もしあなたがこのまま意地を張るなら、亮を勘当するしかない。息子を一文無しにしてもいいんですか？」

丁寧な物言いだが内容は強烈だった。

「そうですよ、彩里さん。ここにいる霧子さんはうちのメインバンク、富友《とみとも》銀行の頭取のお嬢様なの」

「……!?」

「ずっと家族ぐるみでお付き合いをしていて、丸菱物産にとっても大切な縁談なんです。それに亮は長男だから、お嫁さんには家に入り、同居をしてほしいの。彩里さん、あなたがこの家で嫁の役割を果たせるとでもお思い？」

「……」

絶句するしかなかった。

一般庶民とはかけ離れた藤島家。誰が考えても彩里より霧子の方がこの家の嫁にはふさわしいだろう。

藤島とはその家柄だけでなく、両親からの期待や、背負っているものの大きさが違っていた。また彼の将来を考えると、次第にこのまま結婚してもいいのだろうかとも思えてくる。

なにより霧子という婚約者がいる藤島を、彩里が横から奪ったのだ。

自分も悟志の浮気を知ったとき、悲しみに苛《さいな》まれた。彼女もきっと苦しみ、辛い思いをしたはずだ。

でも、どうしよう……。

本来ならばここで身を引くべきだが、お腹には藤島の赤ちゃんがいる。ようやく彼とは思いが通じ合い、幸せを感じ始めたばかり。

「あ、でも……」

両親から説き伏せられそうになっている彩里が、しばらく言葉を失っていると、藤島がささやいた。

「まさか身を引こうとか、くだらないことを考えてるんじゃないだろうな」

「え……」

すると彼は握っていた彩里の手を、安心していいと言わんばかりにポンポンポンと叩いた。両親に向かって言い放つ。

「俺は霧子と婚約した覚えはありません。これ以上、彩里を困らせないでください。言いたいことがあるのなら、俺に直接言えばいい。彼女の身体にさわります」

「身体にさわる……？」

そのひと言で母親は察したようだ。

「どういう意味なの、亮さん……やだ、もしかして……？」

藤島を問いただした。

「ええ、そうです。彩里は俺の子を妊娠しています。お父様とお母様の初孫です」

「えええっ⁉」

母親は大げさにのけ反り、父親はこの世の終わりとばかりに静かに目を閉じた。霧子は口をあんぐり開けている。

「そ、それは事実なの？　彩里さん」

母親は絞り出すような声で聞いた。

「はい、ちょうど十一週目に入りました。もうすぐ四か月です」

両親の顔が落胆の色に染まる。

「ですからもう、彩里と別れることはできません。でも妊娠したから、結婚するわけじゃない。彼女がいないと、俺が生きていけないからです」

「なんてことを、亮さん……」

「お腹の子は俺たちの愛の結晶です。お二人が俺を大切に育ててくれたように、これからは父親として彩里と二人、我が子を大切に守っていきます。これでも結婚を認めないというなら、かまいません。丸菱物産をクビにされる前に、こちらから出ていきますよ」

「亮、お前って奴は……！」

両親へ立ち向かう藤島に、彩里は静かな感動を覚えていた。やはり彼を好きになってよかった。出会えた運命に感謝してしまう。

そんな息子の決意を聞いた二人は、なにも言えなくなっている。父親は深い溜め息をつき、母親は胸に手を置き、何度も失望の息を吐いた。

そして藤島は霧子に対してもけじめをつける。

「霧子、両親がいつまでも君に期待を持たせるようなことをして、本当に申し訳なかった。だけど前から話しているように、霧子のことは妹のようにしか思えない。俺のことは早く忘れて、君を大切にしてくれる人と出会ってくれ」

その言葉に霧子は顔を覆い、泣きながらリビングを出ていった。

「彩里、俺たちもそろそろ帰ろうか」

「でも……」

「どう判断するのかは、お二人の問題だ」

そして藤島は部屋を出る前に振り返る。

「たとえ初孫が生まれても、一生会わないつもりなら、それでもいい。俺は彩里と幸せに暮らしていくだけだから。でも本音を言うと、やっぱりお二人には祝福してほしいですが……」

しんみりした口調でそう言い残すと、彩里とともに田園調布の実家をあとにしたのだ。

＊

帰りの車でハンドルを握る藤島は、しばらく黙り込んでいた。やはり両親の意に背くことをし、気持ちが沈んでいるのだろう。

「ごめんね、私が田中彩里で」

「どういう意味？」

「もしホテルのバーで、私なんかに出会ってなかったら亮さん、親孝行ができたはずなのに……」

心からそう思ってしまう。

「でもたぶん、幸せではなかったな」

「え……」

「自分の人生だ。親や会社のために生きたくはない」

そう言って今度は彼が謝った。

「俺こそ、ごめん」

「なにが？」

「いつも彩里にばかり嫌な思いをさせて」

「そんなこと……」

「俺たちに、お茶ひとつ出さなかったし……」

そういえば、田園調布の実家では飲み物さえ出なかった。それほど彩里を認めたくはないのだろう。

「でもいいよ。どうせコーヒーだと飲めなかったし」

「ポジティブだな、彩里は」

藤島は微笑んだ。

「じゃあ、どこかに寄って、なにか飲んでから帰ろうか？」

気を使っているのだろう。

「ありがとう。でも今日はちょっと疲れたから、このまま真っすぐ帰りたい」

「なら、家に着いたらマッサージをしてあげる」

「マッサージ……？」

彩里が戸惑っていると、

「今、変な想像しただろう」

意地悪な突っ込みが入った。

「してません！」

「したよ、した。絶対にした。そんな顔してたから」

「もぉ……」

オフィスで初めて会ったときの藤島はクールでどこか気難しくて、近寄れない印象さえあったが、まさかこんなくだらないジョークが言えるなんて、想像もできなかった。革命的なキャラ変だ。

「もしかして彩里ちゃん、怒ったの？」

藤島は前を見ながらハンドルを握り、チラチラと助手席の彩里を確認する。

「亮さん、まだ私の器の大きさをわかってないですね……怒ってません！」

「やっぱり怒ってる」

「……」

「妊婦は足がむくみやすいって聞いたから。アップされてた妊婦マッサージの動画を見て、勉強してたんだ。彩里にやってあげたくて」

「なんだ。それならそうと、先に言ってよ」

「ごめんなさい」

素直に謝る彼がおかしくて、彩里はぷっと吹き出した。

本当に今のような幸せが、ずっと続くのだろうか。臆病な彩里は不安になってしまう。

「ねえ、それより亮さん。赤ちゃんの名前、考えない？」

「名前？　でも予定日はまだまだ先だろう？」

「だから、お腹にいるときのニックネーム。いつも私たち、赤ちゃんって呼んじゃうでしょう？」

「確かに」

「なにかいいのはない？」

「そうだな……」

しばらく考えた彼はピンと来たようだ。

「ムサシ！」

「ムサシ？」

「元気に産まれてきそうだろう？」

「でも女の子だったら、どうするの？」

そのあと二人で真剣に悩み、結局赤ちゃんの名前は私が最近いつも食べている温《うん》州《しゅう》みかんから、『ミカン』と命名された。

「ミカンか……」

そして藤島はさっそく助手席にいるミカンに話しかける。

「ミカンちゃん、パパの声は聞こえてまちゅか？」

そんな赤ちゃん言葉を使い、恥ずかしそうに極上の笑顔を向ける。

これほど素敵な男性が他にいるだろうか。男らしいけど、お茶目で可愛い部分満載の藤島が、彩里はますます大好きになった。

第七章　甘くてラブな二人だけの時間

「あけましておめでとうございます！」

毎年元日は晴天のイメージだが、調べてみると本当に晴れの日が多いようだ。気象学的理由はいくつかあるようだが、きっと今年も一年頑張りなさいという神様からの励ましだろう。

大晦日《おおみそか》の昨日はお正月気分を味わうため、真空パックの鏡餅《かがみもち》やお正月の飾り付けを簡単にし、ミカンといっしょに二人でみかんを食べながら、紅白歌合戦を最後まで見た。

そのあとは映画をネット配信で鑑賞し、感動して泣きまくる。

そしてそして、初めて二人でいっしょにお風呂に入った。これが本当の初風呂だ。

このマンションの浴槽は掃除こそ大変だが、ジェットバスが付いていて、ゆっくり二人で浸かれるくらいに大きい。しかも床はポカポカの床暖房。かなり贅沢な造りになっている。

そんなバスタブに最初は肩を並べて入り、逞しい彫像のような藤島の身体をちょっぴり観賞しつつ、ドキドキと目のやり場に困っていたのだが——。

先に洗い場に出た彼が呼んだ。

「彩里、こっちにおいで」

目の前に置いたバスチェアをポンポンと叩く。

「えっ……？」

一瞬、エッチな想像を膨らませてしまったが、彩里を鏡の方へ向かわせた彼はまず髪から洗い始めた。

「シャンプー、つけるね」

まるで美容室に来たようだ。

「大丈夫？　寒くない？」

心配なのか、ときどき身体にシャワーまでかけてくれる。

そのあとはボディータオルにボディーシャンプーをたくさんつけて泡立て、全身をくまなく洗ってくれた。

「や、くすぐったいよ……」

「我慢して」

女王様になった気分だ。

「じゃあ、今度は私が……」

交代して藤島の身体を洗おうとしたが、

「ダメダメ、彩里は早く浴槽に戻って。身体が冷えるだろ?」

「でも」

「ミカンのためだ」

怒られてしまう。

お風呂からパウダールームへ出たあとも、彼がふかふかのバスタオルで全身を拭いてくれた。ドライヤーで髪まで乾かしてくれる。

海外生活が長い藤島は夜にゆっくりお風呂に浸かるより、朝出かける前にシャワーを浴びるが、これからは彩里に合わせて夜型のお風呂に変更してくれるという。

いずれにしてもここまで至れり尽くせりに甘やかされたら、心までふやけてしまいそうだ。

「このままじゃ、亮さんがいないとなにもできない人間になりそう」

「じゃあ、よかった。狙い通りだ」

彼はハンサムに微笑んだ。

そのあとは寝室へと向かい、少しおしゃべりしたあと、逞しい腕枕で眠りについた。あまりの夢心地に、初夢を見たのか見なかったのか、イマイチそれも覚えていないほどだ。

だから最初に「あけましておめでとう」を言ったのは、もちろん愛する旦那様。

「そうだ、彩里。せっかくだから、新年の誓いを立てようか」

「どんな誓い？」

「行ってきますのキスと、お帰りなさいのキスは必ずすること」

「はい？」

「嫌なのか？」

こんな甘々の提案をしてくるとは、以前の藤島とは別人のようだ。

「じゃあ、いっしょに出勤するときは？」

「家を出るときか、車の中でする」

「誰かに見られてたら？」

「というか、彩里は俺とキスしたくないの？」

眉間に縦皺を作り、最後は拗ねてしまう。こういうところが可愛くて堪らない。

お正月はいつも山梨の実家に戻り、ほぼ寝て過ごしていたのだが——今年は藤島といっしょに車で帰るため、両親には明日の二日に東京を出発すると伝えてある。渋滞を避けるためだ。

つわりはかなり治まってきたものの、まだときどき突然の吐き気に襲われた。とくに高速道路ではすぐに車を停められないので、ゆとりのあるスケジュールを組んだわけだ。

両親には、彩里の部屋の更新が迫っていたことを理由に、結婚前に藤島と同居を始めたことだけは話していたが、妊娠したことまでは言いづらかった。未だに内緒にしている。

だけど二人にもミカンができたことを喜んでほしかったし、今回の帰省で打ち明けるつもりだ。

藤島の両親へも挨拶へ行くべきだと主張したが、今はこちらから折れるようなことはしたくないと彼に却下されてしまう。

丸菱物産の年末年始休暇は八日間。お正月、日本にいるときの藤島は友人たちと集まったりするが、それも今年は彩里が妊娠中であることで、すべてキャンセルしてくれた。

元旦はデパートで注文して届いたお節料理を食べながら、静かに過ごした。

初詣《はつもう》でに行っても混雑しているだろうし、テレビや映画を観たり、ゲームをしたり。特別なことがなにもなくても、藤島といっしょにいるだけで幸せを感じた。やはり彼は最高のパートナーだ。

＊

翌日の二日。彩里の実家がある山梨へと向かう。

山梨県は雪のイメージが強いが、実家がある山梨市は冬の寒さは厳しくても、滅多に積もることはない。

天気予報を確認しても大丈夫そうだったが、慎重な藤島は念のためにと自身の高級外車のタイヤをスタッドレスに履き替えた。

朝早く出発したこともあって、予想通り、都心から地方へと向かう道路にさほどの混雑は見られなかった。

藤島の高級車が実家の敷地に到着すると、両親が待ち構えていたように中から飛び出してきた。

「ただ今」

にこやかに言っても、吐き出す息は白い。

「やあ、よく来てくれたね。こんな田舎まで」

白髪交じりでガタイのいい父がいの一番に、しかも嬉しそうに藤島と握手を交わす。なによりホッとした瞬間だ。

「初めまして、藤島亮と申します」

休暇中にもかかわらず、彼はビシッといつものイルマーニのビジネススーツで決めていた。

そんな藤島は彩里の知らないうちに、両親への手土産を用意していたらしい。車のトランクからいくつものデパートの紙袋や、カゴに入った果物の詰め合わせなどを出してくる。

「つまらないものですが、お父様とお母様に。気に入っていただけるかどうかはわかりませんが、ベルトにスカーフ、それとお茶菓子です」

「まあ、こんなに気を使わなくてもよかったのに……」

「すみませんね」

二人は恐縮しながら受け取ろうとしたが、

「あ、これは重いので、俺が」

重さのある果物のカゴは自ら運ぼうとする。

「さあ、どうぞ。寒いから中へ」

「はい、ありがとうございます」

手土産作戦が大成功を収めたのか、父は率先して藤島を案内した。

彼らのあとに続こうとした彩里に、今日は余所《よそ》行きの服を着た、小柄な母がいきなり腕を組んでくる。

「やだ、ホントに俳優さんみたいじゃない？　イケメンね～。いいわね、彩里。お母さん、羨ましいわ～」

事前にスマホで彼の写真を送っていたが、ナマ藤島は比べ物にならないようだ。

「でしょう？」

顔面偏差値の高さだけでここまで感激していたら、あとで彼の経歴やバックボーンを知ったら、母はどれほど驚くだろうか。そう思うと密かにワクワクする。

一方で両親が喜んでくれればくれるほど、先に子供を作ってしまったことへの罪悪感がやってきた。胸がチクチク痛む。

きっとこれを知った父は、彩里のことをふしだらな娘だと思い、藤島を責め立てるかもしれない。

どのタイミングで打ち明けるべきなのか。彼は彩里に任せると言ってくれたが、もしかしてなにも告げずに、東京に戻ることになるかもしれない。

田中家は十五年ほど前に建て替えた小さな一軒家で、藤島家とは比べ物にはならないが、帰るとすごく安心できる空間である。

フローリングのリビングには、やはり今年も絨毯を敷いた上にコタツが設置されている。周囲には人数分の座布団が置かれていた。

「座敷もあるんだけどね。藤島さんはもう身内だから、こっちでいいでしょう。暖かいし。どうぞ」

座ろうとした藤島に、父がちょっぴり見栄を張る。

「お父さん、藤島さんっていう言い方。もううちの息子になるんだから」

母に注意された父は「そうかそうか」と「亮君」と呼び直す。

初めて我が家を訪問した彼は、あまりにも平凡でざっくばらんな家庭環境にびっくりしたはずだ。

しかしそれをおくびにも出さず、上流階級育ちの藤島はリビングにあったコタツがよほど珍しかったのか、興味を持ったらしい。

「これがコタツですね。写真で見たことがあります。入ってもいいですか？」

さっそく足を突っ込んだ。

「もしかしてコタツは初めてですか？」

母が尋ねると彼は恥ずかしそうにした。

「はい、実家にはありませんし。高校からずっとアメリカにいたので」

「では大学もアメリカの？」

今度は父からが問いかける。

「ハーリードを卒業後、そのままMBAを取りました」

「おお、それは素晴らしい。亮君は優秀だね」

小学校の校長をしている父は、娘婿がハーリード卒と聞き、にわかに浮き足立っている。

「実はね、彩里も小学校のときから成績だけはよくてね。この辺りでは神童、なんて言われたんだよ。一流大学にも受かったしね」

ハーリード卒の人に、くだらない娘自慢はやめてほしい。

「彩里さんの優秀さは、いっしょに仕事をするとよくわかります。仕事は速いし、ミスは少ないし。発想というか、アイデアが素晴らしい。毎日彼女には助けられています」

それ、嫌み……？

「でしょう？」

しかし父はすっかり鵜呑《うの》みにした。

「だからこの前も、甲州バスの社長の息子からお見合い話が来て……」

うっかり口を滑らせてしまう。

「そうなの？」

「うん、まあ……」

藤島が冷やかすように彩里に確認した。

「東京育ちの亮君は知らないと思うけど……甲州バスといえば、この辺りではかなり大きなバス会社なんだよ」

丸菱物産の御曹司に、甲州バスの自慢話はやめて、お父さん……!!

「だけど彩里はあっさり断ってしまって。なにも金持ちと結婚させたいわけじゃないんだが、いい話だったし」

「ですね」

「しかし今思えば、亮君。君と付き合っていたんだね。でもまあ、この年で丸菱物産の課長なんだから、大したものだよ」

最後は無理に藤島を持ち上げた。だけどもうこれ以上の暴露はやめてほしい――。

そう思っていたら、母が上手に話を変えた。

「じゃあ、亮さんは、アメリカから丸菱物産を受けられたの？」

「ええ、まあ」

「彩里は就職活動がそれはそれは大変で。でもやっぱり優秀な人は違うんですね」

だけどその質問には、思わず顔を見合わせるしかなかった。そのあと彼は恥ずかしそうに打ち明ける。

「実は……コネ入社なんです」

「コネ入社、ですか⁉」

呆れたような母の声に、

「亮さん、丸菱物産の社長の息子なの」

彩里がフォローした。二人は同時に後ろへひっくり返る。

「おおお……そう、でしたか……！」

父は急に丁寧な口調になった。

「まあ、すごいじゃない、彩里！」

母は露骨に感激する。

「なんかいいスーツ、着てると思ったよ」

父にイルマーニのスーツの価値がわかっていたかどうかは不明だが、二人は娘がとんでもない玉の輿に乗ったことを驚いていた。

「いや、でも、彩里さんには叶いません。可愛いし、努力家だし。いっしょにいると楽しいし、刺激されます。彼女と出会えて本当によかったと思っています」

その大げさな盛り方に、両親はさぞや嬉しかったのか、

「確かに彩里はちょっと変わったところがあるけど、根は本当にいい子なんだよ。よろしくお願いします、亮君」

最後は父が花嫁の父のようなことを言った。

そしてそろそろお昼を食べようか、ということになり――。

「彩里、手伝って」

リビングと続きのキッチンから母に呼ばれる。

「はーい」

コタツから立ち上がった彩里を心配そうに藤島が見つめた。

「俺もやろうか？」

声をかけてくる。

「大丈夫」

「これ、向こうに運んでくれる？」

母の指示で、彩里が重箱に入ったお節料理や取り皿などをコタツのテーブルに運んでいると、すかさず父が告げた。

「東京から運転してきたんだから、疲れただろう。ここは女性陣に任せて、先にちょっとやりますか」

盃《さかずき》をぐいっとやる仕草を見せる。

「え？　あ、はい」

「亮君はイケる口なんでしょう？」

そして父はお酒を持ってくるように母に言った。

「じゃあ、彩里。お雑煮の方、お願い」

お雑煮の汁はもう出来上がっている。あとは餅を茹《ゆ》でるだけだ。

しかし沸騰した湯の中に餅を入れ、柔らかくなるのを待っていると、独特の匂いが鼻をついた。

「うっ……」

突然気持ちが悪くなり、トイレに駆け込んでしまう。

「どうしたの？」

母が上げた声と同じくらいのタイミングで、心配した藤島がトイレまで飛んでくる。

「大丈夫？」

彼が吐き気が治まらない彩里の背中をさすっていると、父とともにやってきた母が静かに聞いた。

「もしかして赤ちゃん……？」

「……」

「彩里、つわりじゃないの？」

すると父が興奮したように言う。

「つわりだと？　妊娠しているのか、彩里」

気持ちは悪いが、もうそれどころではない。こんな形でバレるとは思わなかった。

「ごめんね、黙ってて……」

情けない声を絞り出した。

「すみません」

藤島もいっしょに謝ってくれる。

「病院へは？　もう行ったの？」

「うん」

「どうだって？」

「今四か月で……」

さすがの母は勘付いただろう。藤島と暮らし始める前に妊娠したことを。

「ごめんなさい……」

彩里がもう一度謝ると――。

「なに言ってるのよ、おめでたいことなのに」

母の声はハイトーンになった。

「そうだ、彩里。よかった、よかったじゃないか」

父もかろうじて喜んだ。二人には叱られることを覚悟したが、両親のそんな言葉に涙が出そうになる。

それからが大騒ぎだった。二人は藤島を招いたことも忘れ――。

「母さん、彩里が辛そうだから、座敷に布団を敷いてやった方がいいんじゃないか？」

「そうね」

座敷に向かおうとした母を彩里が止めた。

「すぐよくなると思うから、平気」

「そう？」

「お餅の匂いがダメだったみたい」

「なんだ、先に話してくれたら、お母さんがやったのに……」

そのあと「あっ！」と叫んだ母が、慌ててキッチンに戻る。

「あら、どうしましょう！」

そんな声が聞こえてきた。茹で過ぎた餅が鍋の中で溶けてしまったようだ。

「いいさ、どうせ彩里は食べられないんだろ？」

「だけど」

「わしも今年は食わん」

「お父さんの好物なのに……」

キッチンからの二人の会話を耳にしながら、藤島は彩里の肩を引き寄せた。

「立てそう？」

「うん」

「よかった、ご両親も喜んでくれて」

彼に支えられながら、まずは洗面所で口を漱ぎ、二人でリビングへと戻った。

やっぱり実家はいいなあ……。

リビングにあるコタツに父と藤島といっしょに入り、彩里は実家のありがたみをつくづく感じてしまう。

具合の悪いときは休ませてくれ、心から心配してもらえる。頼めばなんでもやってくれて──。

「それより亮さん。背広脱いで、ハンガーにかけたら？　ほら、そこにハンガーがあるでしょう？　お父さん、教えてあげて」

キッチンから母の声が飛んでくる。

「羽織る物はなにか、持ってきてるの？　お父さんのカーディガンでよかったら、貸しましょうか？　山梨は冷えるから、そんな格好だと風邪引いちゃうわよ」

するど父はこっそり藤島に、

「うちの女どもは小言が多いだろ？」

小声で言い付けた。

「ところで彩里は、なにが食べられるの？　つわりでも、少しは口に入れないと……」

リビングにやってきた母の言葉に、藤島が代わりに答える。

「実は先ほどお渡しした果物ですが……彩里さんのために用意したものです。主にフルーツですが、とくにみかんが好きで」

「あら、みかん？」

母は驚いた。

「みかんが一番好きだなんて、彩里がお腹にいたときと同じね」

「そうなの？　お母さんもつわりのとき、みかんばかり食べてたの？」

「ええ」

すると藤島が感心する。

「母子《おやこ》って、そっくりなんですね……」

つまり、それは……。

つわりのときに食べられるものが同じだと言いたいのか、それとも彩里も母のように小言を並べているのか——。

いずれにしても彼女もこんなに辛いつわりを乗り越えて、自分を産んでくれたんだと思うとじーんと来た。よりいっそうの感謝の気持ちが芽生える。

だけどこれは藤島の母親も同じだろう。

とくに優秀な息子に対する期待は人並み以上に違いない。あっさり彩里に捕まり、どれほどがっかりしたことか。

だからこそ、藤島の両親にも二人の結婚を認めてもらいたかった。初孫であるミカンの誕生を楽しみにしてもらいたい。

わかってもらえるまで絶対に諦めないで、彼の両親に歩み寄ろうと決めた。

二人で一泊したあと、翌朝は渋滞に巻き込まれないよう、早いうちに山梨の実家を出発した。

せっかくスタッドレスタイヤに履き替えてきたが、幸いなことにそれが活躍することはなさそうだ。

母は何度も大変ならいつでも手伝いに行くからと言い、藤島を気に入った父は息子ができたみたいだと喜んだ。

「大勢の子供たちと接してきたから、父さんの人を見る目だけは間違いない。彩里はいい人と結婚したよ」

　新婚旅行へは行けないが、東京へ戻ったら入籍し、安定期に入ったら結婚式を挙げるつもりだと伝えると。

「あちらのご両親もそれでいいとおっしゃっているの？　一度はご挨拶をしないとね……」

　母親は彩里を心配した。

　さすがにまだ認めてもらえてないとは言えない。次の目標は両家の親たちを結婚式へ呼んで、顔合わせをさせることだ。

「身体に気を付けるんだぞ」

「亮さん、彩里をよろしくね」

　東京へと向かう車を見送りながら、二人はいつまでも手を振っていた。

第八章　自称元婚約者の策略

年末年始の休暇が終わり、また今日から出勤だ。

「絶対に無理はするなよ」

「わかってる」

「妊娠してること、やっぱり石油貿易課のみんなに話した方がいいんじゃないか？」

などと、藤島の心配は尽きない――。

最近の彼は彩里に対して過保護過ぎる。これではミカンが生まれたら、どうなるのか。世話好きだし、もし女の子だったら、どこへでもついていくパパになりそうだ。

出勤準備を終えた彩里が玄関に向かうと、すでに藤島が待っている。靴を履いて出ようとすると、

「彩里、忘れ物」

藤島がすました顔で言った。

「えっ？　なに？」

ハッとして、バッグ中をもう一度点検する。

「行ってきますの、キス」

「なんだ、そんなこと？」

「元旦に約束したはずだぞ」

「はい、じゃあ、どうぞ」

面倒くさそうに唇を突き出し、目を瞑ったが――チュッと音を立てられたのは彩里の額。

「おでこなの？」

クレームを申し立てた。

「俺の口に口紅がつくだろ？」

「紛らわしい……」

「もしかしたら彩里、唇にキスがしたかった？」

この言い方がなんとも憎たらしい。

「もぉ、いい！」

拗ねたように先に家を出た。

五階から二人でエレベーターに乗り込むと、藤島が耳元でささやく。

「キスの続きは夜、ベッドの中で」

「どうせ亮さん、休み明けで遅くまで残業のくせに」

「彩里とミカンのために働いてるんだろ？」

「……」

「できるだけ早く帰るから。でも俺を待たないで、先に食事はだけはしておけよ」

「わかった……」

彼は小指を立てた。エレベーターの中で「指切りげんまん……」と歌いながら、いい大人が二人でじゃれ合っているなんて。他人が見たら目を覆いたくなるだろう。

しかし二人の世界ではこれが成り立っているから不思議だ。

などと思っていたら、途中階から別の住人が乗ってきた。

「おはようございます……」

慌てて手を放し、苦笑いでこっそり顔を見合わせた。

助手席に乗せてもらっての出勤は快適で癖になりそうだ。

「じゃあ、先行ってるね」

車を駐車する前に彩里だけ降ろしてもらい、ひと足先に石油貿易課のオフィスへと向かう。

「おはようございます」

コートを脱いで仕事を始めようとしたら、谷中係長がやってきた。

「田中さん、せっかく仕事に慣れてきたのに残念だね」

「……？」

意味がわからず尋ねると、どうやら彩里に辞令が出たらしい。

「本当ですか!?」

急いでパソコンを立ち上げ、社内連絡欄を確認する。確かに来月付けで総務部へ異動になっていた。

バタバタしていてまだ入籍もしていない。なんでこんな事態になったのかと落胆したが、おそらく藤島の両親の仕業だろう。

藤島と彩里を引き離そうとしているのだ。それでもニューヨークへの転勤でなかったことに安堵する。

でも総務か……。

総務には一般職のお局《つぼね》がいて、総合職の若い女性が来ると、こてんぱんにいじめるという。働きにくい部署として有名だ。

通常ならどうにか耐える自信はあるが、今は妊娠中。妊婦検診の際などに有休を使うのにも気疲れしそうだ。

どうしよう……。

来月までにつわりが完全に治まるだろうか。石油貿易課にいれば、仕事量も調整でき、なにより頼りになる藤島がいた。

だけど彩里たちは、間もなく入籍する予定。社内の規定では、婚姻関係にある者は同じ部署で働けないことになっている。どちらにしても別々になるだろう。

少しでも早く新しい部署に慣れることができると、割り切ることにした。

しかし一歩遅れてオフィスに入った藤島が、納得するはずがない。

彩里の辞令に気が付いた瞬間、いったん後ろのハンガーにかけたスーツの上着を奪い取り、早足で部屋を出ていく。

おそらく社長室に向かったのだろう。父親の報復だと考えたに違いない。

「課長!」

彩里は藤島を追いかけた。彼はエレベーターホールで上向きのボタンを苛立《いらだ》つように押している。

「課長、待ってください! 社長室へ行かれるおつもりなんですよね」

驚いたようにこちらを見た彼は声をあげた。

「当たり前だろ！」

「その前にちょっとお話が」

「……？」

「来ていただいてもいいですか？」

彩里は藤島をミーティングルームへと押し込めた。


「総務部に異動になったこと、お父様へ抗議に行こうとしたんでしょう」

藤島は苛立ちを抑えることなく答えた。

「あり得ないだろう、このタイミングで」

「だけど総務なら残業はないし、これからお腹が大きくなることを考えたら、楽でいいかもしれない」

「マジで？」

今度は呆れたような声を出す。

「それに入籍したら、どうせ同じ部署では働けないんだし。少し時期が早まっただけよ」

「彩里はそれでいいのか？」

「もちろん。いつも亮さんの顔を見られなくなるのは寂しいけど。私たちだけ特別扱いされたら、おかしいでしょう？」

彩里はわざとあっけらかんと告げた。すると彼の怒りは少し治まってきたらしい。

「彩里はなんでも前向きに考えて、偉いなあ」

いきなり抱き締められ、髪をわしゃわしゃしてくる。

「もぉ、誰か入ってきたらどうするの？」

「彩里が可愛過ぎるからだろ？　頼むあと一分だけ。このままでいさせて」

「……」

そんな藤島に、彩里の頬はほころんだ。

来月から総務部での慣れない仕事が始まると思うと気は重いが、彼が父親と争うよりはよほどマシだ。

こんなことで揉《も》めていては大変だ。彩里はふうっと安堵の息を吐いた。

＊

つわりがずいぶん治まってきた。フルーツ以外の物が、かなり口にできるようになっている。

身体がしゃきっとし、活力が湧いた。間違いなく安定期に突入したらしい。ミカンは彩里のお腹の中で、すくすくと育っているようだ。

なにより嬉しいのは、流産の確率がぐんと減ることだ。これからも気持ちをゆったりと構え、愛おしい我が子の誕生を待ちたかった。

――そんなある日。

会社に川村《かわむら》と名乗る女性から電話があった。

「はい、田中でございますが、どちらの……」

尋ねるとそれは藤島の実家に行ったとき、同席していた銀行頭取のご令嬢、霧子だ。

「先日は失礼をいたしました……」

そんな彩里に霧子は告げる。

『突然ですが今日の夕方、少しお時間いただけますか？　どうしてもお話ししたいことがあるんです』

「えっ、あ……なんでしょうか……」

彩里は尋ねたが、霧子は藤島に内緒にしてひとりで来てほしいとの一点張り。

亮さんに内緒か……。

躊躇する彩里に、

『その方が彩里さんのためだと思います』

意味深なことを言った。

なんのことだかは知らないが、形の上では彩里が彼女から、藤島を奪い取ったことになっている。断る権利はないだろう。

「わかり、ました……」

十八時半に会社の近くのカフェで待ち合わせた。

＊

広々としたイタリアンスタイルのこのカフェでは、暖かな季節にはお洒落なテラスでお茶が楽しめる。

彩里が約束の時間の五分前に到着すると、霧子はすでに四人掛けの席に座っていた。

「お待たせしました」

オレンジ色のクロスがかけられたテーブルへ近付くと、彼女はわざわざ立ち上がり、きれいなネイルが施された指先を揃えて向かい側を促した。

「どうぞ」

「あ、はい」

「急にお呼び立てして、ごめんなさいね」

コートを脱いだ彩里は、バッグとともにそれを隣に置く。すると彼女は軽く右手をあげてウエイトレスを呼んだ。

「先にご注文なさって」

いつものオレンジジュースを頼む。

「今、四か月なんでしょう？　もしかしてつわりじゃなくって？　大丈夫？」

「ありがとうございます。ずいぶんよくなってきました」

「そうよね。そろそろ安定期ですものね」

こんなふうに労《いたわ》りの言葉をかけられたら、彼女がそれほど警戒すべき人ではないように思えてしまう。

しかし次の瞬間、霧子は豹変《ひょうへん》した。

「彩里さん、私はあなたの味方よ。いったいいくらご入り用なの？」

「……？」

意味がわからない。

「お腹の子、亮さんの子供ではないわよね。あのときあなた、十一週だとおっしゃったけど。それじゃあ、計算が合わないもの」

霧子は藤島がニューヨークから帰国したあと、彩里が職場で近付いたと考えたようだ。

「でも本当に亮さんの子供なんです。嘘ではありません」

「彼と藤島のご両親はごまかせても、私は騙されないわよ」

霧子は突っぱねた。

「どうせあなたがそんなふうにシラを切るだろうと思って、今日は本当の父親をここへ呼んであるの」

すると絶妙なタイミングで、ダウンジャケットのポケットに両手を突っ込んだ悟志が入ってくる。

「悟志!?　どうしてここへ!?」

驚愕《きょうがく》した彩里は思わず立ち上がってしまう。

「あら、そんなに驚くことはないでしょう？」

二人がいた座席を見つけ、やってきた彼は開口一番に、

「なんで話してくれなかったんだよ、彩里」

お門違いにも彩里を責めた。

「話すって、なにを？　というか、悟志がどうしてここにいるの？」

唖然とする彩里に霧子が声をかける。

「まあ、お二人とも落ち着いて。ゆっくり座って話しましょうよ」

彼女は悟志を座らせるため、奥へと席を移る。ダウンコートを脱いだ悟志はそんな霧子の隣に腰かけた。

「彩里さん、つい最近までこの悟志さんと付き合っていたそうね」

毒のある言い方で確認される。

「急に別れた理由はなんなの？　目の前に、丸菱物産の御曹司が現れたからでしょう？」

「はっ？」

「あなたが玉の輿に飛びつきたくなる気持ちはわかるけど、結婚には釣り合いというものがあるの」

「……」

「それにいくら手っ取り早いといっても、こういう下品なやり方はどうなのかしら？」

今度は間髪いれずに悟志が聞いた。

「子供ができたなら、まずは俺に相談すべきだろう。言ってくれてたらすぐ、お前との結婚を考えたのに」

「ていうか悟志、なに言ってるの？」

彩里は呆れたが、悟志は諭してくる。

「いくら金がほしくても、こんな結婚詐欺のような真似《まね》はよくない。嘘はいつかバレるんだ。そうなったとき、苦しむのはお前自身だろう」

まるで彩里が本当に、結婚詐欺を働いているようだ。

「この人が、俺たちの力になってくれると言っている」

悟志は霧子に視線を移した。

「藤島さんに全部打ち明けて、こんな茶番、さっさと終わりにしようぜ」

「そうよ、彩里さん。正直になって」

「……」

呆れ返るほど見事に作られた偽りのストーリーに、彩里はしばらく言葉を失った。

しかもさらなる侮辱が追い打ちをかけてくる。

「もしここで身を引いてくださるなら、都内に小さなマンションを用意するわ」

「マンション、ですか……？」

「もちろん譲渡よ」

「はっ……？」

「山根さんもいい大学を出てらっしゃるのに、今の職場ではお気の毒よ。父に話せば一流企業をご紹介できると思うの。彩里さん、あなたももし丸菱物産に居づらいようなら、他へ移っていただくこともできてよ」

テレビドラマの劇中なら、目の前に座っている二人にコップの水をぶっかける場面だが——さすがにそれはできなかった。彩里はテーブルクロスの下で、両手に拳を作っただけで留《とど》めておく。

そしてもう一度はっきり事実を告げる。

「この子は間違いなく亮さんの子供です!!　もし疑うなら生まれてから、DNA検査でもなんでもやってください！」

そう啖呵《たんか》を切ると勢いよく立ち上がり、

「失礼します！」

コートとバッグを握り締め、伝票を持ってレジへと急ぐ。

「彩里さん、逃げるの？」

そんな霧子の言葉が追いかけてきたけれど、無視して店を出た。

彼女は彩里の過去を調べ、悟志と付き合っていたことを突き止めたのだろう。でもこんなやり方、ひど過ぎる。

悟志にしたって、自分の子でないことがわかっているのに、どうしてあんなお芝居をするのか。

人を信じられなくなりそうだ。大人しいお嬢様に見えた霧子だが、自分のことしか考えない、とんでもない策略家だったらしい。

とはいえ、やはり藤島に知らせずに来てよかったと思う。悟志とまた顔を合わせたら、きっと彼は嫌な気分になる。このことは黙っていようと決めた。

精根尽き果てた彩里は大きく息を吐き、マンションへの帰り道を急いだのだった。

＊　＊　＊

学生時代からの友人夫婦に証人になってもらい、婚姻届を役所に提出した。これで彩里とは正式な夫婦となり、彼女は田中彩里から藤島彩里へと名前を変えた。

初めて書いた婚姻届は記入する項目が少なく、普段扱っている書類に比べると簡単で拍子抜けしたが、その重みはとてつもなくあるようだ。

彼女と出会ってから嫉妬など、これまであまり縁がなかった感情のスイッチが押された。少しは人間として、また男として成長したのではないかと思う。

海外への新婚旅行は出産後に考えるとして、まずは結婚式だ。安定期に入った彩里のお腹が目立たないうちに、小さな教会で式を挙げ、知り合いのレストランを貸し切って友人知人を招待するつもりだ。

プランはすでに出来上がっていたが、彼女が頑として首を縦には振らない。両親が出席すると言わないからだ。

彩里と田園調布の実家へ行ったとき、できる限りのアプローチはしたが、父もさすがに起業家だ。こちらの出方を見ているらしい。

すべてが丸く収まる秘策はないか。藤島がオフィスの窓から、沈みかけた夕刻の太陽を眺めながら、そんなことを考えていると——。

スマホが鳴った。彩里からだ。今日はやりたいことがあるからと、定時に会社を出たはず。

小首を傾げて、着信ボタンを押した。

「もしもし?」

『もしもし亮さん。どうしよう、怖い……』

「どうした? なにかあったのか?」

彼女の震えたような泣き声に、息を呑んだ。すでにハンガーにかけていたスーツの上着を掴み取っている。

『家の中に誰かが……』

「家の中に!?」

セキュリティーだけは万全のはずのマンションだ。いったい誰が部屋に侵入したというのだろう。

「泥棒か?」

『わからないけど、たぶんそう』

「今どこだ?」

『マンションの廊下。怖くて中に入れないから、廊下に出てきた』

しかし藤島は彩里の危険を感じた。

「だったらすぐ下に行くんだ。ロビーで待ってて。もし中にまだ誰かいて、廊下に出てきたら危ないから」

『わ、わかった……』

「いいか？　慌てずゆっくりロビーへ行くんだぞ」

『うん』

「俺もすぐに戻るから」

彩里が動揺しないようにそう言うと、藤島はオフィスを飛び出した。

地下駐車場へと急ぎ、車のエンジンをかける。通い慣れた道をいつもよりスピードをあげて走った。

マンションの駐車場に車を停め、フロントロビーへと階段を駆け上がる。

「亮さん……」

藤島の顔を見た彩里が飛びついてくる。本当に怖かったのだろう。彼女の指先は未だに震えていた。怖い思いをしたらしい。

「詳しく話してくれ」

なんでも彩里が家に戻り、リビングに入ると、いつもと違う気配を感じたようだ。

見るとキャビネットの上に置かれた二人の写真立てが倒れていて、食器棚に収められていた食器の位置が変わっていたという。キッチンや冷蔵庫の中が片付けられていた。

初め彩里は藤島が戻ってきたのではないかと思ったが、寝室に入って仰天する。羽毛布団や枕が切り裂かれ、鳥の羽が部屋中に散乱していたからだ。

そこで彩里は取るものもとりあえず、部屋を飛び出したらしい。

「偉いぞ、彩里。いい判断だ」

「……」

「警察へは?」

「まだ」

キッチンや冷蔵庫が片付けられていて変だったので、藤島が戻るのを待っていたようだ。

「一度俺が行って、見てくるよ」

「ダメよ、もし犯人が隠れていたら、亮さんが殺されちゃう」

「大丈夫だ」

念のため、マンションの警備員に同行してもらい、五階の部屋へと向かった。

「ここで待っててもらっていいですか？」

紺のスーツを着た警備員には、玄関前の廊下で待機してもらう。藤島はひとりで部屋へと入った。

まずは寝室。彩里が話したように羽毛布団やシーツ、枕が刃物で切り裂かれている。鳥の羽は羽毛布団から飛び出たものだろう。

藤島は自身のオープンクローゼットの中に保管してある、高級腕時計などの貴金属をチェックしたが、盗まれたものはなかった。

書斎やバスルームも調べたが、とくに異常はない。誰かが隠れていることもなかった。

しかし次に彩里の部屋に入って驚愕した。彼女の洋服や下着が切り刻まれ、部屋中に散乱している。

彩里がこれを見たら、どれほどのショックを受けただろうか。この部屋に入らなかったことだけが幸いだった。

そしてこれは単なる強盗ではなく、彼女に恨みがある者の犯行であると考えた。

藤島は荒らされた部屋の様子をスマホで写真に収め、廊下に出たあと警備員に告げる。

「部屋が荒らされていました。身内がやった可能性もあるので、警察に届ける前に、防犯ビデオを確認させてもらえますか？」

「了解しました」

警備員とともにロビーへと下り、彩里に事情を説明した。

「もしかしたら母が来て、やったのかもしれない」

「お母様が……？」

「信じたくはないが、なにかあったときのために、母にだけはカードキーを渡している。それで入ったとしか思えない」

「まさか……」

「とにかく今から防犯ビデオを確認してくる。彩里はもう少しここで待ってて」

これ以上のショックを与えたくなくてそう言ったが。

「私もいっしょに行っちゃダメ？」

「平気？」

「亮さんの傍にいたいの」

ひとりになるのが怖いのかもしれない。藤島は彩里を連れて警備室へと行った。

セキュリティーの高さを誇るこのマンションには、至るところに最新の防犯カメラが設置されている。それを警備員たちが、大きな六つの画面で二十四時間監視していた。

「とくに不審な人物はいなかったはずですが……」

言いながら、スーツ姿の警備員がカチカチとキーボードを叩く。

「今朝、八時過ぎからの映像ですよね」

「あ、はい」

「こちらですかね」

「え、あ……そうです」

エレベーター方向から、藤島の部屋の玄関ドアが映し出されている。右下に時刻が表示されていた。

機械を操作し、時間を早送りしていくと、髪の長いひとりの女性がエレベーターを降りてきた。持っていたバッグからカードキーを取り出し、藤島の部屋の玄関ドアに差し込んだ。

「あ、この人……」

彩里が声をあげた。

「霧子？　彼女がどうして……」

中の様子は確認できないが、霧子以外に侵入した外部者はなく、状況証拠から考えても彼女の犯行と断定して間違いないだろう。

でもなぜ霧子が、こんな恐ろしいこと……？

妹のように可愛がってきた彼女を傷付けたくなくて、はっきりとした態度を取らなかったのがいけなかったのか。しかしその恨みの方向が自分ではなく、彩里に向かっていたことが怖かった。

「実は……」

彩里が霧子と会ったことを話してくれる。山根まで連れてきて、彼の子供であることを白状しろと迫ったという。

「もしかしてあのとき私が、霧子さんを刺激してしまったのかもしれない……」

彼女が弱々しい声を出した。

「いや、それは関係ない。これはれっきとした犯罪だ」

妊娠中の彩里をここまで怯《おび》えさせた霧子を、どうしても許すことができない。

「警察に連絡しよう」

「でも」

「このまま見過ごすことはできない」

藤島はそう判断し、スマホで一一〇番を押そうとしたが、彩里が止めた。

「霧子さんもきっと、苦しかったんだと思う。亮さんがニューヨークから戻ったら、結婚するつもりでいたんでしょう？」

「だから、それは……」

「今回だけは見逃してあげない？」

愁いを含んだ目で訴えかけてくる。

「彩里はそれでいいの？」

「うん」

彼女は承知したあと、

「それにこれを事件にしたら、噂が広まって、マンションの物件価値が下がるかもしれない」

冗談まで言った。こんな優しい彩里が愛おしくて堪らない。

「うちの奥さんはしっかりしてるな」

感心するように告げたが、彼女にはまだ話さなくてはならないことがあった。

「なに？」

「あまり気にするなよ」

と、藤島は前置きしたあと、彩里の洋服や下着だけが切り刻まれていたことを打ち明ける。

彼女は一瞬大きく目を見開き、固まってしまうが。

「お腹が大きくなったら、どうせ着られないし」

苦く笑った。

「それに亮さん、代わりの洋服、たくさん買ってくれるでしょう?」

「買うよ、買う。彩里のためならデパートごと買うよ」

「絶対だからね。今、約束したからね」

などと少しムキになるところがめちゃくちゃ可愛くて、もしここが警備室でなかったら即刻抱き締めていただろう。

本当にいい女性と結婚したと改めて思っていた。本当に買えるものなら彩里のため、デパートごとでも買ってやりたい。

「じゃあ、今回だけは彩里の優しさに免じて……」

霧子の件は警察へは通報せずに、穏便に済ませることにした。

第九章　結婚式を挙げます！

知らないうちに人を傷付け、恨まれていたのだと思うと、ちょっとブルーな気分になってしまう。

霧子の件がそうだ。彩里の洋服だけが切り刻まれていた。そうとう彼女を追い詰めていたのだろう。

今後は人の気持ちに寄り添い、思いやりを持った発言と行動ができるようになりたい。なにより今年の七月には、ミカンのママになるのだから。

妊娠十六週を過ぎた二月から、石油貿易課から総務部へと移ることになった。

同時に名前も田中彩里から藤島彩里へと変わり、みんなから「藤島さん」と呼ばれることにも少し慣れてきた。

新しい部署ではお局からの陰湿ないじめを覚悟していたが、彼女がターゲットにするのは未婚の若い総合職。

しかも気を利かした藤島が事前にお菓子を差し入れ、挨拶してくれていたので、今のところふつうに接してくれている。

また新たに総務の仕事を覚えなくてはならないが、今後は出産や育児の休暇を申請するつもりなので、却ってよかったかもしれない。塞翁《さいおう》が馬というわけだ。

そして彩里のお腹はどんどん大きくなっていくけれど、藤島の両親からは未だに結婚式への出席の連絡はなかった。

彼はもう待つのをやめて、すぐに式を挙げようと気遣ってくれるが、ここで諦めたくはない。

今きちんと認めてもらえなければ、生涯しこりが残るだろう。ミカンのためにもならない気がした。

「ねぇ、もう一度だけ、入籍の報告を兼ねて、田園調布のご実家に行ってみない？」

「無駄だよ」

「お願い」

手を合わせて頼むと、藤島はようやく承知した。

＊

もし今回ダメだったら、結婚式を中止にし、写真だけ撮ろうと彩里は考えていた。

しかし藤島の代わりに、彼の実家へ連絡を入れると――。

「今週の日曜なら、お父様がいらっしゃるわ。来るならそのときにしてちょうだい」

「ありがとうございます！」

全面拒否でなかったことに安堵する。

もしや彩里を総務へ異動させたことに、罪悪感を抱いているのだろうか。だとしたら抗議をしなくて正解だった。まずは両親の気持ちをしっかり受け止めることにしよう。

彩里はウエストを気にすることのない、桜色のウールのワンピースに襟元が可愛いカシミヤのコートを着て、藤島とともに田園調布の実家をふたたび訪れた。


そこにはまたなぜか霧子がいた。

マンションに無断で侵入し、あんなひどいことをしたのに、まったくなにもしていないという態度には驚いてしまう。自分のしたことが、まだ彩里たちにバレてないとでも思っているのだろうか。

たぶん同じことを考えているはずの藤島といっしょに、リビングにある猫脚ソファーに腰かけた。

「今日は報告があってきました。先日彩里と入籍し、正式な夫婦になりました」

彼が口を開くとすぐに、霧子が割り込んでくる。

「まさか婚姻届けの承認欄、ご両親にお願いしなかったの？」

「ああ。未成年ではないからね」

淡々と答える藤島に、霧子は頭に来たのか、

「亮さんに、そういう非常識な行いをさせることひとつ取っても、彩里さんがふさわしくないというのがまだわからないの？　いい加減、頭を冷やしてよ！」

感情的に訴える。そして静かに両親の方へと向き直した。

「本来なら二人が入籍する前に、お伝えできたらよかったのですが」

と、なにやら仰々しい前置きをしたあと、

「ぜひとも皆様に、お知らせしたいことがあります」

霧子は背筋を伸ばし、前のめりになった。

「新事実が発覚しました。おそらく亮さんもご存じない、彩里さんの過去の男性についてです」

過去の男性という響きがなんとも悩ましい。藤島の両親はすぐに飛びついた。

「聞かせてちょうだい、霧子さん」

「はい、お母様」

彼女はしてやったりという顔をして話し始める。

「彩里さんは亮さんがニューヨークから戻るまで、別の男性と恋人関係にありました。おそらく二人を天秤にかけていたのでしょう」

「やだ、不潔だわ」

「その方は山根さんとおっしゃって、彩里さんとは大学時代からのお付き合いです。お腹の子の父親も山根さんでしょう。ご本人がお認めになりましたから、間違いありません」

「まあ、信じられない！」

叫んだ母親が両手で口元を覆う。しかしさすがにこれは聞き捨てならない。

「霧子さん、いい加減なことを言わないでください！」

彩里は即座に抗議をしたが、霧子は無視。

「亮さんの子でないというなによりの証拠は、前回彩里さんが妊娠十一週だと言ったことです。日数が合いません。亮さんがニューヨークにいる間に、妊娠したことになりますわ」

「確かにそうよね」

母親はもうすっかり霧子の話を信じてしまっている。

「別の男の子供を妊娠したくせに、丸菱物産で亮さんを見つけ、藤島家に入り込む計画を練ったのでしょう。だから一方的に、山根さんに別れを告げて」

はい……？

「騙された亮さんも可哀そうですが、捨てられた山根さんもお気の毒です。今でも彩里さんを思っているそうです。彼女のしたことは許されることではありませんが、山根さんと彩里さんの子供に免じて、すべてを水に流して差し上げませんか？」

前回カフェで聞いたときより、さらにストーリーがバージョンアップしている。

この桁外《けたはず》れな想像力に拍手を送りたいところだが――いやいや、そんなことに感心している場合ではなかった。このままではみんな霧子のペースに巻き込まれ、彩里が結婚詐欺師にされてしまうだろう。

なにより藤島と関係を持ったのは帰国当日で、その際彼がうっかり避妊するのを忘れたことを暴露すべきなのか。それとも悟志とは、当分そうしたことをしてないと訴えた方がいいのか。

隣にいる藤島だけが頼りだが、なぜか彼も沈黙を守っている。

もはや霧子の独壇場だった。

「でもご安心ください。二人は入籍を済ませましたが、弁護士に相談したらこうしたケースの場合、離婚じゃなくて婚姻を無効にできるそうです」

「じゃあ、亮の戸籍は汚れないのね」

「はい、お母様」

「よかったわ」

母親は胸に両手を重ね、安堵の息をすうっと吐いた。

しかしここでようやく藤島が参加する。

「霧子、話はそれで終わり？」

「ええ、まあ……」

「では、結婚詐欺に遭ってしまったかもしれない俺からひと言」

「なんですの？」

母親が合いの手を入れた。

「お父様、お母様、今のは全部作り話です。お腹の子の父親は俺です。間違いありません。彩里とは石油貿易課に移る前に出会いました。山根という男性とのことも知っています。彩里を追い回しているストーカーです。霧子と上手く話を合わせたんでしょう」

リビングに流れる沈黙を破ったのは霧子だった。

「嘘よ！　亮さんはこの人に騙されているんだわ。お父様、お母様、どうか私を信じてください！」

だけど藤島も同じくらい大きな声を張り上げる。

「いい加減にしないか、霧子！　彩里が止めたから、警察には通報しなかったんだぞ。少しは反省したらどうなんだ⁉」

その物騒な単語に父親がすかさず反応した。

「警察……？」

そんな両親に彼は自身のスマホを差し出す。

「これを見てください」

荒らされた部屋の写真を見せた。

「なんだ？　これは……」

父親からの問いかけに藤島は説明を始める。

「つまり誰かが俺たちの部屋に侵入し、彩里の洋服やベッドを切り刻んだんです」

「ええっ⁉」

「防犯カメラを確認したら、やったのは霧子でした」

「霧子さんですって……⁉」

驚いた母親は声をあげた。

「お母様が霧子に、部屋のカードキーを渡したんですよね」

すると急に慌て始める。

「え、ええ……でも霧子さんが、あなたの部屋のお掃除をしてくれると言ったから……でもまさか、こんなことをしたなんて……」

母親の目は戸惑いと後悔に震えている。

「どういうことだ？　霧子さん、説明してくれ」

父親は圧のある低音で霧子に尋ねた。

「違うんです、お父様、お母様。私はただ、亮さんの子供でないという証拠を探したくて。だけど、つい……」

彼女は泣き始める。それは反省なのか、犯行がバレてしまったことへのごまかしなのか。

母親は冷ややかに霧子に言った。

「霧子さん、これまであなたのこと、娘のように思って気遣ってきたつもりよ。でもまさか、こんなひどいことをするなんて」

「お母様、信じてください。私はお母様を悲しませる亮さんに、目を覚ましてほしかっただけです」

「だからと言って……」

大きな溜め息をつく母親に、霧子は手を合わせて告げた。

「やり過ぎたことはわかっています。今ではとても反省しています。でも子供の父親は絶対に亮さんではないんです」

ついには泣き崩れた。

長い間、霧子を藤島家の嫁に迎えようと思っていた母親だったが、最後は息子の言葉を信じたのか。立ち上がり、霧子の傍へと歩み寄り、肩に手を置いた。

「ありがとう、霧子さん。こんなに亮のこと、思ってくださって。でもこれを見逃すことはできないわ」

「お許しください、お母様。私はお母様たちのためを思って、真実を……」

「いくら真実を確かめたくても、やり方を間違えてはいけないわ」

「はい、これからはお母様になんでもご相談して……」

すると母親は霧子の肩にかけていた手を引いた。

「ごめんなさい。これからはありません」

「えっ？」

「今後はお母様と、呼ばないでくださる？」

「そんな……」

「あなたにはもう金輪際、この家の敷居を跨《また》いでいただきたくありません。二度とお会いしたくはないわ」

これ以上母親に訴えても無駄だと思ったのか、霧子は父親の方へ視線を向けた。

「お父様。これでは彩里さんの思う壺《つぼ》です。どうか私の話を信じてください。亮さんが不幸になります」

しかし父親もきっぱり告げる。

「霧子さんの話を信じるより、わたしは自分の息子を信じるよ。悪いがここからは家族の話だ。今日はもう帰ってくれ」

最後まで悪あがきをしたが、今となっては誰も彼女の話に耳を傾ける者はいなかった。

すると今まで傷心ぶって涙を流していた霧子だったが、

「わかりました。お二人がこんなわからずやだとは、思ってもみませんでしたわ！がっかりです。後悔なさっても知りませんから！」

突然強気な捨《す》て台詞《ぜりふ》を残し、帰っていった。

「彩里さん、本当にごめんなさいね。まさか霧子さんが、あんな恐ろしいことをしたなんて」

まずは母親が謝った。

「どうして他人に、マンションのカードキーを渡したりしたんだ？　おかげでこっちはトラウマになりそうだ」

藤島は不満をぶつける。

「わたしからも嫌な思いをさせたこと、お詫《わ》びするよ」

ついに父親が謝罪した。

彼はまた石油貿易課から総務へ彩里を移動させたことについても詫び、戻そうかと聞いてくれたが。

「ありがとうございます。ですが、総務のままで大丈夫です。これからお腹が大きくなるので、定時に帰れる部署は助かります」

「そうか……わかった」

「無事に出産を終え、預かってくれる保育園が見つかったら、またエネルギー部門へ復帰させてください」

今の彩里の言葉に母親は驚いたらしい。

「彩里さんあなた、うちの大切な孫を保育園に預けて働くというの？」

しかしそれにはすかさず藤島が突っ込んだ。

「お母様今、うちの大切な孫と言ったよね」

母親は「あら」と口を塞ぐ。

「母さんは思ったことをすぐ口にする性格なんだ。悪気はない。彩里さん、覚えておきなさい」

父親からの、まるで二人の結婚を認めたかのような発言に、彩里は小さな感動を覚えた。

そしてもう一度、藤島とは悟志と別れたあとに出会ったこと、お腹の子は間違いなく彼の子であることを念押しした。

「信じるわ、彩里さん。亮さんがあなたのこと、これほどまでに大切にしているのだから」

そのあとも繰り返された両親二人のユニークなかけ合いに、藤島家の広いリビングには笑いがあふれた。和やかなムードに包まれる。

「お父様、お母様。改めてお願いします。どうか私たちの結婚式に出席していただけませんか？」

彩里が真摯にそう頼むと、

「わかった」

「もちろんよ、彩里さん」

二人は大きく頷き、快諾してくれた。

＊

半分以上諦めていた結婚式を挙げることになった。二月の寒い時期ということで、式場である教会もレストランもすぐに押さえることができた。

藤島といっしょに暮らし始めたときは、彼が丸菱物産の御曹司とは知らず、小さな教会で挙げる結婚式を望んだが、本当にこれでよかったのだろうか。

よくよく考えたら、藤島家はふつうの家ではなかった。世間体というものもあるだろう。

だけど藤島の父親が「近頃は派手な結婚式をやらなくなっているから、それでいいんじゃないか」と、彩里の我がままを聞いてくれた。

小雪が舞い落ちそうな冬の日。純白のウエディングドレスを着た彩里は可愛いブーケを持って父と腕を組み、小さな教会の真っ赤なバージンロードを歩いている。

祭壇の前には愛する旦那様、藤島が待っている。夢にまで見た光景だ。

ドイツにいる彼の弟の帰国は叶わなかったが、両家の両親が揃って祝福してくれている。彩里にとってはなによりのお祝いだった。

二人揃って神様の前で夫婦の誓いを立て、指輪の交換をした。

みんなが見ている前でのキスは、どこまでも恥ずかしかったが、長身の彼が優しく唇を合わせてくる。

雲の上にいるような、ふわふわとした気持ちになった。きっとこれが幸せの形だろう。いつしか涙が止まらなくなっていた。

「バカだな」

「だって……」

新郎である藤島が、彩里の頬に光る雫を親指の腹で拭ってくれる。

「彩里、俺と結婚してくれてありがとう」

彼がささやいた。

「私も亮さんに同じことが言いたい。ありがとう」

「きれいだよ、彩里……」

最後は彼と腕を組み、参列してくれた両親や親族、友人知人に感謝を込めてお辞儀をする。

本当の夫婦になれたことを実感した。


結婚式のあとは、披露宴の代わりに二次会を兼ねた結婚パーティー。

貸し切ったのは、青山《あおやま》のフレンチレストラン。藤島の知人が経営する店で、ここではかの有名芸能人も結婚パーティーを行ったらしい。

会場を臨む中庭には照明で演出されたプールがあって、幻想的な雰囲気をかもし出している。季節がよければ外に出ることもできたが、雪がちらつきそうな寒い今日、目だけで楽しむことにした。

進行役を務めてくれたのは藤島のハーリード時代の友人で、今回たまたま日本に戻っていたらしい。

同年代の人たちだけで楽しみなさいと告げ、初対面となった藤島と彩里の両親は別の場所で食事をするそうだ。

着席してフルコースの料理を堪能したあとは、友人や同僚たちに取り囲まれた。みんなは口々に、どうやって藤島を射止めたのかを聞きたがった。

そして彩里ができちゃった婚であることを話すと、いっせいに息を吞んだ。やはりキャラではなかったらしい。

その後も質問攻めにあったが、今日だけは自分が主役。長い一日だったが、本当に幸せに満ちた時間だった。

＊

結婚式を無事終えた彩里たちは、本格的に出産準備を始めていた。

休日には藤島とともにデパートを巡り、ベビー用品を揃えるのが楽しみになっている。

今日も彼の運転でやってきて、三十分近く待ってようやく車を駐車した。子供用品売り場へと直行する。

まだ男の子なのか女の子なのかがわからないため、ベビー服は白か黄色にしておきたかったが、なぜか藤島は女の子用のピンクや赤ばかりを手に取った。

しかも新生児に着せるロンパースではなく、一歳くらいのお出かけ着やまだ当分必要のない靴。

「彩里、これ可愛くないか？　これにしよう」

「ダメよ、女の子しか着られないし。もし男の子だったらどうするの？」

「そのときはまた買えばいい」

「もったいないでしょう？」

「だったら、二人目を作ればいいさ」

「はあ？」

しかし彼は懲りる様子もなく、また別の物を見つけてくる。

「じゃあ、これは？」

「サイズが大き過ぎる！」

御曹司の思考回路には、無駄遣いという概念がないらしい。いつも小競り合いになってしまう。

彩里は購入リストを作り、ひとつひとつ揃えていく派なのだが、彼は手あたり次第に買う無計画派だ。

このままではいくらマンションが広くても、置き場所がなくなってしまうだろう。

そしてこの日は藤島の強い希望により、ベビーベッドやベビーカー、ゆりかごに、ガラガラなどのおもちゃまでを一気に購入し、配送を頼んだ。

「でもミカンが生まれるまで、こんなにたくさん、どこに置いておくの？」

「トランクルームに入れておこう」

彼は簡単に言うけれど、それなら必要になってから買ってもよかったはず。

「そうだ、今日は私。マタニティーウエアが見たいんだけど」

彩里はいっしょに選んでほしかったが、藤島はまだおもちゃ売り場から離れたくなさそうだ。

「じゃあ、見てきたら？　俺はこの知育玩具をもう少し研究しておくから」

優劣をつけるなら、どうもミカンより下らしい。

「わかった……」

少し寂しい気もしたが、子供を楽しみにしている藤島の気持ちが、その数倍も嬉しかった。

彩里は仕方ないなと包容力のある笑みを浮かべ、マタニティーウエアがあるフロアへと移動した。

＊

総務の仕事にもずいぶん慣れてきたある日。

そろそろ昼休みだなと思っていると、社長秘書室から突然内線電話がかかってくる。

緊張しながら出ると義父だった。

「今から家内がこっちに来るから、今日はもう早退しなさい。総務部長にはわたしから話しておこう」

「え、あ、はい。わかり、ました……」

首を傾げながらも、もちろん断ることはできない。周りの人たちに何度も頭を下げ、急用ができたと早退することにした。

言われた通りに一階のロビーで待っていると、義母の運転手が彩里を迎えに来る。

「お待たせしました、若奥様。奥様がお車の中に」

「あ、はい……」

脈が速くなった。さすがに義母と二人きりは怖い。というか、今日はいったいなにを言われるのだろう。

緊張しながら高級車に近付くと、ツンとしたその横顔が見えた。運転手が後部座席のドアを開けてくれる。

「ありがとうございます」

恐縮しながら隣に乗り込み、

「ご無沙汰《ぶさた》しております、お母様。結婚式では……」

と挨拶を始めたが、運転手が外から運転席へと回り込んでいる間に、彼女がささやいた。

「運転手には、ありがとうございますじゃなくて、ありがとうだけでいいの」

「あ、はい」

「あなたは将来、丸菱物産社長夫人になるのですよ」

「えっ?」

「なにを驚いているの? 亮さんと結婚するということは、そういうことです。もっと自覚をお持ちなさい」

さっそくアドバイスをいただいてしまう。

「それより今日は、お仕事中にごめんなさいね」

「あ、いいえ」

「デパートの外商担当が特別な宝飾展をやっているというから、いっしょに見に行きたくて」

「……」

新しい部署での人間関係作りは少なからず大変で、こんなくだらない理由で早退したのかと思うと、心のうちで溜め息が洩れる。だけどきっとこれが、嫁としての仕事なのだろう。

「でも、その前に」

「……？」

「お食事に行きましょうか。美味しいスペイン料理を予約してあるの」

義母は嬉しそうに告げた。

「お昼はまだよね、彩里さん」

「あ、はい」

母親は運転手に命じ、ランチタイムに一組、ディナータイムに一組しか客を入れないという、有名高級スペイン料理店へ彩里を案内した。

落ち着いた雰囲気の広い個室には、本当に彩里たちしか客はいない。テーブルにはピカピカのカトラリーが並んでいる。

この店のメニューはすべてシェフのお任せらしい。アレルギーや食べられない食材はないかと聞かれたあとは、スペインオムレツや魚介のマリネ、合鴨《あいがも》とフォアグラのテリーヌなど前菜が運ばれてきた。

「うわっ、美味しそう」

思わず声をあげた彩里に、母親は誇らしげに説明する。

「実は最近私、スペイン料理にハマっているのよ。でもこのお店の予約はなかなか取れないでしょう？　それで月に一度、一年先まで押さえてあるの」

「一年先まで、ですか？」

「だから彩里さん、また食べたくなったら、いつでも声をかけてね。初孫にも本場のスペイン料理を味わわせたいから」

「あ、はい……ありがとう、ございます」

義母は案外おもしろい人かもしれない。

そして彼女は思い出したように、バッグから小さな封筒を取り出し、彩里に手渡した。

「これ、お父様から。毎日会社で会っているんだから、自分で渡せばいいのに。よほど照れ臭いのね」

「なんですか？」

言いながら封筒を開けると、そこには藤島も持っている限度額が無制限だというブラックカードが入っている。

「これって……」

「あなたのカードよ、彩里さん。今からは入り用なことが増えるからって、お父様が。暗証番号は亮さんのお誕生日らしいわ」

「ですが……」

「亮さんはこういうところ、気が利かないから。もらっておきなさい。これさえあれば、あなたがほしいもの、なんでも買えるでしょう？」

なによりの感動は、カードの名義が『SAIRI FUJISHIMA』と、『藤島』になっていることだ。

「そういえば彩里さん、ご自分の車がなかったわよね」

「はい」

「そのカードがあれば、車だって買えるのよ」

「クレジットカードで、車ですか？」

思わず目をパチパチさせた彩里に、義母はおもしろそうに微笑んだ。

「出産後は必要になるはずだから。早めに好きな車種を見つけておくといいわ」

「でも」

「ホントにいいの。これくらいの罪滅ぼし、私たちにさせてちょうだい」

霧子がマンションに侵入した件だろう。

「あ、では……亮さんとも、相談させていただいて……」

さすが丸菱物産の経営権を継承している一族だ。お金の使い方のスケールが大き過ぎる。本当にこのカードで車を買うかどうかはわからないが、義父の気遣いがとても嬉しい。

「ありがとうございます。お父様にも感謝していたとお伝えください」

彩里は恐縮しながら受け取った。

＊

スペイン料理をフルコースで堪能したあとは、義母の車でデパートへ。ここへはつい先日藤島とやってきて、ベビー用品をたくさん買ったばかり。

あのときは御曹司の大人買いにびっくりさせられたけど、また今日は別の驚きがあった。

駐車場へは並んで入り、自ら空いた場所を探して車を停めるのが当たり前だと思っていたが、運転手が外商担当へ事前に到着時刻を伝えてあったのか、待つことなく社用車専用の特別口から入場。

ロータリーで車が停まると、五十代前後の男性外商担当が外から後部座席のドアを開けた。

「藤島様、お待ちしておりました」

「今日は嫁を連れてきましたのよ」

「ではご長男様、ご結婚なさったのですか？」

「ええ」

「それはおめでとうございます」

浴びるほどの祝辞をもらったあとは、名刺を差し出され、またさらにご丁寧な挨拶をいただく。

「担当の森田《もりた》でございます。若奥様、今後ともどうぞよろしくお願いします」

自分よりはるかに年上の男性から、こうもペコペコされると、なんだか変な感じだ。

しかし義母は慣れたもので、まるで森田を見下ろすかのように言った。

「実は夏に孫が生まれるんですのよ。だから嫁に、なにかプレゼントをしたくて」

「それはそれは、重ねておめでとうございます」

プレゼントをすると聞き、担当者は嬉しそうだ。

「確か、宝飾展を開催中でしたわよね」

「はい、ハイブランドのいいお品がたくさん、入ってきておりまして。ぜひ」

彼は両手をこすり合わせるかのように、彩里たちを外商客しか入れないという特別な宝飾店に案内した。


「このダイヤ、珍しい形ね」

などと、森田におだてられた義母は、あっという間に五百万円もするダイヤモンドの指輪を購入してしまう。

「彩里さんはどれにする？」

「え、あ……私は……でもこの前、亮さんから指輪をいただいたばかりなので」

「でもあれは、婚約指輪でしょう？」

「そう、ですが……」

「じゃあ今日は……色の付いた石にしたら？」

「えっ？」

義母はさっそく外商担当に言った。

「嫁には向こうのケースにある、ルビーかサファイアを見せてくださる？」

「もちろんでございます、藤島様」

結局彼女が勧める、ハイブランドのダイヤとルビーのデザインリングを買ってもらう。

「すみません、こんなに高価なものを」

「いいわよ、このくらい。新婚旅行にもいけないんだから、素敵なリングで楽しまなくちゃ」

義母は微笑んだ。

「じゃあ次、行きましょうか」

「次ですか？」

「せっかくだから、ベビー服と彩里さんのお洋服も見ましょうよ」

「えっ？」

「バッグの方がよかった？」

「いえ、そういう意味では……実はベビー服はこの前、亮さんとたくさん買ったばかりなので……」

「いやだ、私にも買わせてちょうだいよ。赤ちゃんはよく汗を掻《か》くから、ベビー用品は何枚あってもいいものよ。ね、見ましょうよ、彩里さん」

次はベビー用品売り場に行き、藤島が選んだものと重ならないよう、肌に優しい下着やロンパースなどを購入してもらう。

スペイン料理からデパートまで。義母と一日を過ごし、本物のお金持ちのショッピングを体験させていただいた。

たくさん買ってもらったからというわけではないが、彼女は案外気さくでいい人かもしれない。どこかお茶目で、年齢の割には感覚が若いというか、ひと昔前の女子大生のようだ。

初めはおっかなかった義母だが、今日一日ですっかり打ち解けた。ミカンの素敵なおばあちゃまになってくれるだろう。

＊

翌週から一週間、藤島はニューヨークへ出張した。

独身時代に戻り、少し息抜きをしようと思っていたが、常にスマホにはメッセージが送られてくる。もちろん電話も朝昼晩と寝る前にかかってくる始末。

時差もあるし、こっちは元気にやっているからメッセージだけでいいと言ったが、彩里のことが心配で仕方ないという。

そして電話をかけてくると必ず、

「ちょっとミカンに代わって」

と彩里にスマホをお腹にあてるようせがんだ。

『ミカン、パパですよ。毎日会えないけど、元気にしてますか？　愛してるよ』

などと今からデレデレのパパ振りを発揮。「愛してる」というキーワードも、最近はミカンにだけ使っている。

「ミカンにだけ言って、ずるい」

『なにを？』

「愛してるって」

『ミカンに嫉妬するとは、いけないママですね～』

「って、誰と話してるの？　もうミカンに代わってあげない」

『拗ねるなよ』

他人が聞いたら呆れ返るような会話を繰り返している。

『早く彩里に会いたいな』

最後そう言ってくれたものの、なんだかこちらが照れて「じゃあね」と急いで電話を切ってしまう。

するとそのすぐあとに、『彩里、愛してる』というメッセージがニューヨークから届いたのだ。

＊

彩里は結婚式直前まで、以前の住まいだった五反田にある産婦人科に通っていたが、今のマンションからは少し遠いし、どちらにしても出産はできないということで、義母の勧める大きな病院に移ることになった。

そこは都内でも有名な産婦人科病院で、ママになるための勉強ができる母親学級や妊婦体操教室も定期的に行われている。出産後はフランス料理のフルコースが振る舞われ、藤島が希望する立ち合い出産もできた。

初診の際には、紹介者の義母に付き添ってもらった。彼女は自分のときにはなかった最新の医療機器に興味津々だ。

ミカンの映像とともに心音もいっしょに聞いてもらい、義母がそれを藤島に自慢したためか、次回からは自分が行くと言い出した。

翌月からは検診の予約を土曜に取り、二人で病院へと向かうことに。ミカンの元気な心音を聞いた彼は感激したのか、涙ぐんでいた。

「どうしたの？　泣いてたの？」

診察室から出た彩里が思わず聞くと、

「なわけ、ないだろ？」

認めようとはしない。

「嘘、ミカンの心音に感動してたくせに」

「だからそれは、神秘的だなあと思って」

つまり、同じことじゃない……。

そして藤島は「これはミカンの成長記録として、残しておく必要がある」と主張し、主治医の許可を取り、次回から診察の様子をスマホに収めることにした。

「子煩悩なパパですね。赤ちゃん、幸せだと思います」

感心した医師から持ち上げられたのが嬉しかったのか、月に一度行われている両親学級にも、わざわざ有休を取って参加するという。

「それより課長、仕事しなくていいんですか？」

会社ではまだオフレコだが、彼は将来丸菱物産の重要ポストを任される身。だからいい加減な仕事はできないと、いつも言っているのに。

「こういうときに有休を取らないで、いつ使うんだ？」

頑として譲らなかった藤島の両親学級への出席率は、一〇〇パーセントを誇っていた。

＊

季節は巡り、彩里のお腹の中でミカンはどんどん大きくなっている。五月末まで働き、妊娠三十三週を迎える前に、彩里は出産のための休暇に入った。

お腹が突き出るように張り出しているので、周りは口々に男の子だと言うが、実はまだどちらなのかを医師に尋ねてはいない。

ベビー服は男女どちらのモノも揃っているし、誕生までの楽しみにとっておくことにした。

自然と体重が増えてしまうので、家ではできるだけ家事をして動くようにしている。藤島もどれだけ遅くなっても、食事をしてくれた。彼に美味しい手料理を振る舞いたくて、雨の日以外は毎日散歩がてら買い物に出ている。

藤島が帰宅したら、大きなお腹を挟んでのお約束のお帰りなさいのキス。近頃は髪を洗うのがホントに大変なので、できるだけいっしょにお風呂へ入り、彼に洗ってもらっている。

仕事で疲れて帰っても、嫌な顔ひとつしない。本当に偉い人だなあとつくづく感心してしまう。


「亮さん、明日の午後三時から、ミカンの最後の検診があるんだけど……覚えてた？」

主治医の都合で土曜に予約が取れなかったため、藤島がその時間だけ抜けてくると言っていたが、大丈夫だろうか。

もしやと思い、確認したところ、彼はすっかり忘れていたようだ。

「しまった、外資との打ち合わせを入れちゃった。時間、変えられない？」

苦い顔をする。

「無理だと思う。どちらにしても亮さん、いったん会社から家まで戻ってくるつもりでしょう?」

「ああ」

「だったらいいよ。私ひとりで行ってくる。仕事して」

「平気?」

「もちろん。ミカンが元気かどうかと、私の体調をチェックするだけだから」

「だったら必ず、コンシェルジュにタクシーを呼んでもらうんだぞ」

藤島はそう言ったけれど、ラッシュの時間帯でもないし。運動するにはちょうどいい距離だ。

彩里はタクシーを使わずに、時間に余裕を持ち、大きなお腹でマンションを出発した。

季節は六月。初夏の陽射しが思った以上に強く、歩いているうちに汗ばんでくる。それでもゆっくり歩みを進めていくと、最寄り駅が見えてきた。

ふう……。

改札を抜けて、エスカレーターでホームまで下りる。地下鉄に乗り込むと、ほどよくエアコンが効いていて心地よい。

三つ目で乗り換え、そこからあとひと駅で病院のある駅だ。車内は空いていたし、タクシーを使わず節約までできた。彩里は誇らしかった。

乗り換える駅に到着する前に立ち上がり、電車の揺れに気を付けながら、ドア横の手すりに掴まる。乗り換え駅に着き、次に乗る地下鉄のホームへと向かう。

左手で長い下りのエスカレーターの手すりに掴まり、立っていると、ホームに電車がやってくる気配。

昼間のこの時間、一本逃せば十分近くは待つことになるだろう。できれば乗りたかったが、大きなお腹で急ぐわけにもいかない。

検診の予約まではまだ時間に余裕があった。彩里はそう思い、のんびりエスカレーターの手すりに掴まっていたのだが――。

電車の出発を知らせるベルが鳴った。と同時に背後からドドドドッという大きな物音が聞こえてくる。

驚いて後ろを振り返ると、大きなバッグを抱えた男子高校生の集団が、ものすごい勢いでエスカレーターを駆け下りてきた。

そしてあと五段ほどでホームに到着するところで、一番後ろから来た高校生が、彩里の肩に激突した。

――ドーン！

強い衝撃が伝わり、前へと吹き飛ばされる。なぜかスローモーションで、身体がつんのめっていく。

うわっ、ミカンが……。

なんとかお腹が下敷きにならないよう、身体を横に回転させようとしたが上手くはいかない。

誰か助けて……!!

彩里はエスカレーター下でうつぶせになって倒れた。

「い、痛いっ……」

下腹部がじんじんし、それはやがて腹部全体の激痛に変わる。

高校生たちは彩里にぶつかったことにも気付かないのか、ドアが閉まる寸前の地下鉄に乗り込み、そのまま行ってしまう。

しばらくして親切な女性の声が聞こえた。

「大丈夫ですか!?」

「あ、はい……でも、それが……」

痛みはどんどん増していく。

「すぐに駅員さんを呼んできます！」

別の誰かがそう言ってくれ、走っていく足が見えた。

「ありが、とう……ござい、ます……」

お腹の中にいるミカンが痛くて泣いている。

どうしよう、ごめんなさい。ごめんなさい、亮さん……。

悲痛な思いになった。

神様、お願いします。私はどうなってもいいので、ミカンだけ。ミカンだけでも助けてください。お願いします……。

彩里は大切な我が子の無事だけを願いながら、意識を失った。

第十章　ありがとう、亮さん

「ミカン、そんなに走ったら、危ないよ。ダメだってば、ミカン！」

ミカンはいつの間に、こんなに大きくなったのだろう――。

男の子なのか、女の子なのかもわからない。三歳くらいのミカンが朝靄《あさもや》の花畑を元気に走り回っている。

「待って、ミカン。待ちなさい！」

追いかけても追いかけても、ミカンを捕まえることができない。いつしか彩里はその姿を見失っていた。

「ミカン？　どこにいるの？　いたらママにお返事して。ミカン……？」

ミカンが遠くに行ってしまう。悲しくて寂しくて仕方なかった。

泣いていた彩里の呼吸がだんだん苦しくなってくる。ミカンを探しに行きたくてもなぜか身体が動かない。

どうしよう、ミカンが……亮さん、助けて……!!

「彩里！　彩里……!?」

遠くから藤島の声が聞こえ、重い瞼《まぶた》を薄く開けると、目の前には愛する人がいた。

心配そうにこちらを見ている。

「亮、さん……？」

夢を見ていたようだ。白い壁に囲まれた、なにもない殺風景な個室に寝かされている。

「ここ、は……？」

「病院だよ」

「病院……？」

彩里の左手を握り、藤島が教えてくれた。

「麻酔で眠っていたんだ」

「麻酔？」

「手術を受けたから」

「手術って……!?」

告げられて、徐々に記憶が鮮明になってくる。確か駅のホームへ向かうエスカレーターで、後ろから高校生に衝突されて――。

「ミ、ミカンは……!?」

そうだ、ミカン。ミカンはどうなったのだろう。

なぜか右腕が痛くて動かない。それでも布団の中の指先をそっと腹部に沿わせてみると——お腹がペシャンコになっている。そこに我が子はいなかった。

どうしよう……。

涙があふれ出てくる。藤島はもちろん、義父母や山梨にいる両親みんなが、ミカンの誕生を楽しみに待ち望んでいた。自分はなんて過ちを犯してしまったのか。

「ごめんなさい、亮さん。私、亮さんに言われた通り、タクシーを使って病院に行かなかった。だから、こんな……取り返しのつかないことになってしまって……ごめんなさい。ホントに、ごめんなさい……」

激しい嗚咽《おえつ》がやってくる。しかし藤島はさらに彩里の手を強く握り、優しく宥《なだ》めた。

「大丈夫だから、彩里。落ち着いて」

「でも……」

「ミカンは無事だよ」

「え……」

彼は微笑んだ。

「ただし予定日より早く生まれたから、今は保育器に入ってる」

「ミカン、生まれたの？」

「ああ」

「ホ、ホントに……？」

震える声で聞くと藤島は大きく頷いた。

「帝王切開だったけど、元気な男の子だ」

「よかった……」

安堵の息をついた彩里の涙は、嬉し涙へと変わっていく。

「ありがとう、亮さん。ありがとう……」

「彩里がミカンを守ってくれたからだ。出血がひどくて輸血までしたんだぞ。君にもしものことがあったらと思うと……」

「ごめんなさい……」

何度も謝ってしまう。

「それより腕は痛くない？」

そういえば右腕がズキズキした。

「エスカレーターから転落したとき、ミカンを庇って右手をつき、骨にひびが入ったそうだ。でもそれでミカンが助かったんじゃないかって、先生が」

無意識のうちにお腹を庇っていたのだろう。

駅のすぐ近くに大学病院があって、素早く搬送してもらえたのもよかったようだ。いろいろとラッキーなことが重なったらしい。

彩里にぶつかってきた高校生たちだが、心配になり、次の駅で降りて引き返してきたという。

「そうなの？」

駅員に付き添われ、さっきまで病院に待機していたが、謝罪を十分に受け、ミカンも無事に産まれたので、藤島の判断で帰ってもらったらしい。

「これでよかった？」

「わざわざ謝りに来たなんて、偉いよね……」

「彩里はどこまでお人よしなんだか」

藤島が苦く微笑んだ。

「ねえ、それより亮さん……ミカンに会いたい。いつ会えるの？」

「彩里がもう少し、動けるようになってからかな」

がっかりした彩里に彼はスマホを取り出した。

「だから今は、これで我慢して」

藤島は画面をこちらに向ける。そこには保育器に入った小さな赤ちゃんが映っていた。

「もしかして、この子がミカン？」

「そう」

「可愛い……」

「だろ？」

彩里は動かすことのできる左の指先で、画面の中にいる愛おしい我が子に触れた。

「口元は、亮さんに似てるね」

「だったら目元は彩里だ」

「うん」

「可愛いね」

「ホントに可愛い。ずっと見ていたい……」

そして彩里は思い出した。

「そうだ、名前。ミカンの名前はどうするの？　男の子だったら確か……」

「翔《しょう》！」

二人で決めていた名前を同時に口にした。

「そっか、翔か……」

「翔だ」

「この子がずっと、私のお腹の中にいた翔なんだ……」

感慨深げに画面を見続ける彩里に藤島がささやいた。

「彩里、翔を産んでくれて本当にありがとう」

「亮さんこそ、ありがとう」

「愛してるよ、誰よりも」

藤島は静かに彩里の額へキスを落とした。

*

二週間の入院期間を経て、彩里は翔といっしょに大学病院を退院した。

久し振りに自宅マンションへ帰ると、とてもホッとする。もうここが自分の家になっていることを実感した。

産後の体調が回復するには一か月ほどかかり、まだ右手も十分には使えない。藤島は昼間会社へ出勤しなくてはならないので、しばらく山梨から母に来てもらうことにした。

初めはオムツを替えるだけでも時間がかかった。とくに二時間おきに夜泣きする翔への深夜の授乳は激務。彩里は悪戦苦闘した。

育児書を読み漁り、十分に予習していたつもりだったが、考えていた以上に育児は大変だ。

母はてきぱきと家事をこなし、夜寝られない彩里のために少しでも昼間に眠るように告げ、翔を見てくれる。

「ありがとう、お母さん……」

自分が親になり、初めて親のありがたみを知った。もし母が手伝いに来てくれなかったら、彩里は途方に暮れていただろう。

そして藤島が早く帰ってきたときは、二人で翔をお風呂に入れてくれる。彼は両親学級でお風呂の入れ方をマスターしたと豪語していた通り、とても上手だ。母も感心していた。

お湯に浸かっているときの翔は、本当に気持ちよさそうだ。嬉しそうに手足を曲げたり伸ばしたりしている。

藤島はその可愛いキックを見て、「将来はサッカー選手になるかもしれないな」とすでに親バカぶりを発揮している。

家族がひとり増えただけで、これほど家の中が華やぐなんて。翔の持つパワーは宇宙一だった。


母が産後の手伝いに来てくれて三週間が過ぎ、彩里の腕の具合もずいぶんよくなってきた。

「ねえ、彩里」

「ん？」

「お母さん一度、山梨に戻ってもいい？」

さすがに山梨の家が気になるという。父の持病である腰痛も心配だった。

まだひとりでは心細く、母にはもう少しいてほしかったが、さすがにこれ以上の無理は言えない。

「わかった。あとは自分で頑張ってみる」

藤島もできる限り協力してくれると言っているので、母を見送った。

＊

夜泣きの間隔はだんだん長くなってはいるものの、まだ治まらない。慢性の睡眠不足が続いていた。

夜は十分に休めないので、昼間少しでも横になりたかったが、育児に加えて掃除に洗濯、食事の支度と、思った以上に慌ただしかった。

翔が寝室で眠っている間に、気分転換も兼ねて生鮮食料品を自分の目で見て買いたくなり、玄関で靴を履いたら、突然泣き声が聞こえてくる。急いで戻り抱き上げた。

「どうしたの？　ママが出かけるの、わかっちゃった？」

翔が音を怖がるので、掃除機さえまともにかけられない。やっと眠ったと思って横にしたら、すぐに目を覚ました。

それでもようやくひと息つき、彩里がソファーでうとうとしていたら、一階にいるコンシェルジュから連絡が入った。

「藤島様に、藤島様とおっしゃるご婦人のご来客です」

おそらく義母だ。病院へは義父といっしょに三度ほど来てくれたが、ここへは山梨の母がいるのを知っていたから、遠慮していたのだろう。でもきっと藤島から、母が帰ったことを聞いたのだ。

どうしよう……。

リビングに持ち込んだ洗濯物はまだ畳んでなかったし。キッチンには昼間の洗い物が溜まっていた。家全体がなんとなく散らかっている。こんなだらしないところを見られたら、呆れられてしまうだろう。

田園調布の素晴らしい実家を思い出した彩里は頭を抱えた。

来るなら来るで、連絡してほしかったな……。

そうは思うけど、今から追い返すわけにもいかない。

仕方ない……。

「お通ししてください」

溜め息交じりにコンシェルジュに返事をした。

しばらくすると玄関チャイムが鳴る。インターホンの画面にはにこやかな義母が映っている。

「はーい、ただ今」

すぐに玄関へと向かい、鍵を開けた。

「こんにちは。彩里さん、しばらくぅ」

義母は弾んだ声で、大量の荷物を抱えながら入ってきた。

「翔ちゃんは？」

「今眠ってます」

「あ、そう」

急に小声になる。

「お母様、その節はありがとうございました」

病院へ足を運んでもらった上に、ＡＴＭでは一度に引き出すことのできない、ものすごい金額の出産祝いをいただいた。

お礼を言いつつ、義母のためにスリッパを出した。

「お邪魔しまーす」

彼女はそうささやいたかと思うと、リビングの方へスタスタと歩いていく。

「すみません、片付いてなくて。すぐにお茶をお淹れします」

と、彩里がキッチンへ入り、コーヒーカップを取り出そうとすると、義母が止めた。

「いいわよ、飲みたければ自分でやるから」

「でも」

「今日はお客様じゃなくて、あなたを手伝うために来たの。山梨のお母様みたいにはいかないけど、なんでも言いつけてね」

義母はさっそく手持ちのバッグからエプロンを取り出し、透け感のある高級ブラウスの上にそれを着ける。

「まずは、なにからすればいいかしら？」

彩里に聞いたあと、

「あ、そうだわ」

なにか思い出したようだ。

彼女は大きな紙袋の中から、大中小のパックや密封されたビニール袋を次々に取り出した。知り合いのシェフに頼んで作ってもらったお惣菜を持ってきてくれたという。

「これは冷凍できるでしょう？　これも日持ちがするし。亮さんの好きなものもあるから、二人で食べてね」

せっせと冷蔵庫に片付けた。

そして彩里の顔を見て、表情を曇らせる。

「彩里さん、なんだか疲れてるみたい。夜は眠れてるの？」

「いえ、あまり……」

「だったら私がいる間に、翔ちゃんといっしょにお昼寝してらっしゃい。キッチンを片付けたら、お洗濯物を畳んで……そのあとは適当にお掃除でもしてるから」

部屋を見渡し、張り切って言う。

「でも……」

「遠慮しないで。私もまたいつ、彩里さんにお世話になるかもしれないんだから。こういうときはお互い様。女同士、上手くやりましょうよ」

確かに睡眠不足が続き、へとへとだ。義母に家事を頼むのは心苦しかったが、わざわざやってきて、ここまで言ってくれるのだ。今回だけは甘えて、彩里は少し休むことにした。

そう思い、寝室のドアを開けると、翔が小さな物音に気付いたらしい。大声で泣き出した。

今から寝ようと思ったのに……。

諦めて翔を抱こうとしたら、義母が飛んでくる。

「大丈夫よ。翔ちゃんは私が見てるから」

「いいんですか？」

「もちろんよ。オムツはどこ？　おっぱいをあげてから休む？」

「いえ、まだミルクの時間ではなくて」

あらかたの説明をすると、

「じゃあ、しばらく翔ちゃんは、おばあちゃまと遊んでいましょうね」

義母が翔を寝室から連れ出してくれる。

助かった……。

疲れ過ぎていたのか、彩里は寝室のベッドにばたりと倒れ込んだ。


目が覚めたのは、遠くから男女の言い争う声が聞こえたからだ。ハッとして身体を起こし、窓の外を見たらもうとっぷりと日が暮れている。

どうしよう……。

慌てて寝室から飛び出し、リビングへと向かう。翔を抱いた藤島と義母がなにやら険悪な雰囲気になっていた。

「すみません、お義母《かあ》様。つい、眠り込んでしまって……」

「いいのよ、彩里さん、気にしないで。今日はあなたに休んでもらうために、来たんですから」

リビングとキッチンはきれいに片付けられており、洗濯物も畳んでソファーに積み上げられている。ダイニングテーブルには夕食の用意までがされていた。

「うわーっ、お義母様。家のことを、いろいろやってくださったんですね。ありがとうございます」

彩里は感謝の言葉を並べたが、義母はなにやらご立腹のようだ。

「亮さんが文句ばかり言うから、彩里さん、私はこれでもう帰りますね！」

エプロンを取った義母は、それを雑にバッグへと詰め込んだ。

「えっ？　なに？　どうしたの？」

状況が呑み込めなかった彩里は慌てた。

話を聞いてみたら、彩里からの返信がないことを心配した藤島が、早めに会社から戻ってきたという。リビングには翔を抱いた義母がいて、彼は翔を奪い取り、責め立てたそうだ。

「彩里さんの代わりに、翔ちゃんの子守りをしてたんでしょう？」

「だから、そういうことを言ってるんじゃなくて。来るなら来るで、まず俺に連絡しろよ」

「だって亮さんに連絡したら、絶対に来るなって言うから」

つまり彩里を気遣った藤島が、義母を勝手に出入り禁止にしていたようだ。

「そうだったの……？」

初めて聞いた彩里は驚いた。

「でも今日はお義母様のおかげで、久し振りにぐっすり休めたの。なにも怒ることではないでしょう？　亮さんこそ、お義母様にお礼を言って」

「彩里はこの人に、居座られてもいいのか？」

藤島は義母を指さした。

「この人だなんて、いくらなんでもそんな言い方……亮さん、すぐにお義母様に謝って。翔の教育にだってよくない！」

彩里は告げたが、彼はより不機嫌になる。

「じゃあ、もういい。亮さんが謝らないと言うのなら、私が翔を連れて出ていきます」

「出ていくって、どこへ？」

「もちろん田園調布のご実家へ」

「はあ？」

「お義母様にはこれからも助けていただきたいし。長男の嫁として、教わりたいこともたくさんあるから」

「まあ、ありがとう、彩里ちゃん……」

義母はよほど感激したのか、なぜか彩里のことを「彩里ちゃん」と親しげに呼び、手を握ってくる。

「そうよね、私も翔ちゃんと彩里ちゃんがいるなら、亮さんなんかいなくても平気。みんなで楽しく田園調布で暮らしましょう」

売り言葉に買い言葉でつい口にしてしまった同居話だが、案外いいかもしれない。

初めは結婚に反対され、義父母との間には大きな溝があったが、互いに歩み寄ってみたら、思った以上に気が合うことがわかった。

彼は藤島家の長男だし、仕事に復帰したときは翔を見てもらえる。保育所に預けるよりずっと安心だ。

「さあ、どうする？　亮さん」

「どうするの？　亮さん」

義母と二人で詰め寄ると、彼はようやく降参した。

「わかったよ、謝ればいいんだろ？　お母様、どうも申し訳ございませんでした！」

義母と顔を見合わせて微笑んだ。

＊

いきなり持ち上がった同居話ではあったが、彩里はこのまま進めてもいいと思っている。

大勢の家族がいる中で育つと、子供は大らかな性格になるというし。なにかあれば互いに助け合えた。義父母から教わりたいことがたくさんあったし、親孝行もしたかった。

もちろん他人同士がひとつ屋根の下で暮らすのだから、大変なこともあるだろう。でもそれを乗り越えたとき、きっと絆《きずな》が深まるはずだ。

なにより愛する藤島を産んで育ててくれた翔の祖父母でもある。自分の親だと思って大切にしたい。

「彩里、本当にいいのか?」

などと藤島は心配する振りをしていたが、本当は嬉しいに決まっている。以前は実家暮らしをしていたからだ。同居の話が持ち上がってからというもの、彼は前にも増して優しくなった。

もともと仲がよかった両親との間に確執が生まれたのは、霧子が原因だったらしい。彼女が藤島との結婚を強く望み、花嫁修業という名目で頻繁に田園調布の実家を訪れたためだ。

両親から毎日のように霧子との結婚を打診された彼は、断るのが煩わしくなったのだろう。家を出てマンションでひとり暮らしを始めたり、海外赴任を希望したりしていた。

義父母は同居する彩里たちに気を使ったのか、田園調布の自宅の二階をリフォームし、キッチンとバスルームを増設してくれるという。

間もなく藤島家では、翔のお宮参りが計画されている。義母が今懸命に彩里と翔の晴れ着を用意してくれていた。

ドイツへ留学中の彼の弟も、翔の顔を見たくて近々一時帰国をするらしい。

翔が可愛くて仕方なかった。なんでもしてあげたいと思ってしまう。

また彩里と藤島がそう思う以上に、周りも翔を愛情深く包んでくれる。本当にありがたかった。

「ねえ、亮さん。ところで私のこと、いつから好きになったの？」

気になっていたことがようやく聞ける。

「そうだな、彩里を好きになったのは……」

「なったのは？」

「ホテルのバーで初めて会ったときかな」

「ホントに？」

「だから部屋に連れていったあと、送っていこうとしたんだ」

「そっか。でも私が帰りたくないって、駄々こねちゃったけどね」

驚くと同時に少し嬉しくなってくる。

「じゃあ、会社の屋上で、もし妊娠してたら責任を取るって言ったとき、本当はなにを考えていたの？」

「彩里となら、結婚してもいいかなって」

「嘘……」

「うん、ごめん。確かに嘘ついた」

「……」

「本当は会った瞬間から、そう思っていたのかもしれない──」

おわり

あとがき

こんにちは、神埼《かんざき》たわです。このたびマーマレード文庫様から二冊目となる『失恋の夜、スパダリ御曹司の子を身ごもりました』を出版させていただくことになりました。これはひとえに多くの皆様が前作である『極上御曹司と甘くとろける恋愛事情』をお読みくださったお陰です。心より感謝申し上げます。

さて、今回の『失恋の夜、スパダリ御曹司の子を身ごもりました』ですが、私にとって初めての本格的な妊娠・子育て作品となりました。

彼氏とぎくしゃくしていた田中彩里は、なんとか関係を修復しようと部屋を訪れたのですが、浮気現場に遭遇し、ひどいショックを受けてしまいます。ヤケ酒を飲むために、高級ホテルの最上階にあるバーへ行くと、カウンター席の隣に偶然いたのがそこに宿泊していたパーフェクトなイケメン、藤島亮でした。彼からかけられた優しい言葉に癒やされ、彩里は亮と一夜を過ごしてしまいますが、週明けに出勤したら、ニューヨークから戻ったという新たな上司があの夜のイケメンで。しかも彼は彩里とのことを覚えてないかのような態度を取り続けます。

まだまだ足りない文章力と表現力ですが、彩里の苦悩や焦り、苛立つ心情を読者の皆様にも共有していただきたく、精一杯書き進めました。そして同じように最後は幸せな気持ちになってもらえたら、最高に嬉しいです。いかがでしたか？　お楽しみいただけたでしょうか。

今回の表紙イラストは数々の素敵な作品を描かれている漫画家、岩崎陽子《いわさきようこ》先生が担当してくださいました。今にも動き出しそうな甘い二人が、あまりにもイメージ通りで、魅力的過ぎて、感動すら覚えております。素晴らしいです！　岩崎先生、本当にありがとうございました。

このあとがきを書いている今、間もなく二〇二二年が終わろうとしています。どうか来年も皆様にとりまして、良い一年でありますように。なによりラストまでお読みくださり、あとがきにまでお付き合いいただけましたこと、感謝でいっぱいです。ありがとうございました。

神埼たわ

マーマレード文庫

失恋の夜、
スパダリ御曹司の子を身ごもりました

2023年2月15日　第1刷発行　定価はカバーに表示してあります

著者　神埼たわ　©TAWA KANZAKI 2023

発行人　鈴木幸辰

発行所　株式会社ハーパーコリンズ・ジャパン
東京都千代田区大手町1-5-1
電話　03-6269-2883（営業）
0570-008091（読者サービス係）

印刷・製本　中央精版印刷株式会社

ISBN978-4-596-76847-6

※この作品はフィクションであり、実在の人物・団体・事件等とは関係ありません。

m a r m a l a d e b u n k o